# Fischer TaschenBibliothek

Die Adventszeit ist voll Trubel, und da zu Weihnachten noch mehr Besuch kommt, ist immer viel zu tun. Über allem liegt die erwartungsvolle Spannung, die wir aus Kindertagen kennen. So erzählen die Weihnachtsgeschichten in diesem Band von den Turbulenzen der Vorbereitung, den Erwartungen, Enttäuschungen und Hochgefühlen, die das Jahresende so unvergesslich machen.

*Weitere Informationen finden Sie unter www.fischerverlage.de*

# Die schönsten Geschichten zur Weihnachtszeit

Herausgegeben von
Michael Adrian

FISCHER TaschenBibliothek

Aus Verantwortung für die Umwelt hat sich der S. Fischer Verlag zu einer nachhaltigen Buchproduktion verpflichtet. Der bewusste Umgang mit unseren Ressourcen, der Schutz unseres Klimas und der Natur gehören zu unseren obersten Unternehmenszielen.

Gemeinsam mit unseren Partnern und Lieferanten setzen wir uns für eine klimaneutrale Buchproduktion ein, die den Erwerb von Klimazertifikaten zur Kompensation des $CO_2$-Ausstoßes einschließt.

*Weitere Informationen finden Sie unter: www.klimaneutralerverlag.de*

Erschienen bei FISCHER Taschenbuch
Frankfurt am Main, Oktober 2020

© S. Fischer Verlag GmbH, Frankfurt am Main 2014
Umschlaggestaltung: Geviert – Büro für
Kommunikationsdesign, München
Satz: Fotosatz Amann, Memmingen
Druck und Bindung: Kösel, Altusried-Krugzell
Printed in Germany
ISBN 978-3-596-52307-8

# Inhalt

JEAN PAUL

## Weihnachts-Chiliasmus – neuer Zufall

Uns alle – zieht eine Garnitur von faden flachen Tagen wie von Glasperlen ins Grab, die nur zuweilen eine orientalische wie ein Knoten abteilt. Aber man stirbt murrend, wenn man nicht wie der Quintus sein Leben für eine Trommel ansieht: diese hat nur einen *einzigen* Ton, aber die Verschiedenheit des *Zeitmaßes* gibt diesem Tone Belustigung genug. Der Quintus dozierte in quarta, vikarierte in secunda, schrieb am Pulte in der gewöhnlichen Monotonie des Lebens fort – von den Ferien an – bis zu dem heiligen Weihnachtsabend 1791, und nichts war denkwürdig als bloß dieser Abend, den ich nun malen will.

Aber ich werde diesen Abend allezeit noch malen können, wenn ich vorher mit wenigem berichtet habe, wie er sich gleich Zugvögeln über den düstern nebelnden Herbst wegschwang. Er machte sich nämlich über das Hamburger politische Journal, womit der Bediente Knöpfe kouvertieren wollte. Er konnte ruhig und mit dem Rücken am Ofen die Winterkampagnen des vorigen Jahrs mitmachen – und jeder Schlacht, wie die Aasgeier der pharsalischen, nachfliegen – er konnte auf dem Druckpapier froh und wundernd um die deutschen Triumphbögen und Gerüste zu Freudenfeuerwerken herumgehen, indes die Leute in der Stadt, die nur die neuesten Zeitungen hielten, kaum die Trümmer der von den Frankreichern boshaft niedergerissenen Trophäen behielten – ja er konnte schon mit alten Planen die Feinde zurücktreiben, indes neuere Leser sich vergeblich mit neuen wehrten. – – Aber nicht bloß die Leichtigkeit, die Gallier zu übermeistern, bestach ihn für das Journal, sondern auch der Umstand, daß letzteres – gratis war. Er war auffallend auf frankierte Lektüre ersessen. Ist es nicht daraus zu erklären, daß er sich, wie Morhof rät, die einzelnen Hefte von Makulaturbögen, wie sie der Kramladen ausgab, fleißig sammelte und in solchen wie Virgil im Ennius scharrte? Ja für ihn war der Krämer ein Fortius (der Gelehrte) oder ein Friedrich (der König), weil beide letztere sich aus kompletten Büchern nur die Blätter schnitten, an denen etwas war. Eben diese Achtung für alle Makulatur nahm ihn für die Vorschürzen gallischer Köche ein, welche bekanntlich aus vollgedrucktem Papier bestehen; und er wünschte oft, ein Deutscher übersetzte die Schürzen: ich berede mich gern, daß eine gute Version von mehr als einem solchen papiernen Bürzel und Schurz unsere Literatur (diese Muse à belles fesses) emporbringen und ihr statt eines Geifertuches dienen könnte. – Der Mensch legt auf viele Sachen ein pretium affectionis, bloß weil er

8

sie halb gestohlen zu haben hofft: aus diesem mit dem vorigen zusammenhängenden Grunde fing der Quintus alles gläubig auf, was er entweder in einem collegio publico oder als hospes wegschnappte; nur Meinungen, für die er den Professor bezahlen mußte, prüft' er streng. – Ich komme wieder auf den verschobenen Weihnachtsabend zurück.

Eben da war Egidius froh, daß draußen Müller und Bäcker einander schlugen – wie man das wehende Schneien in großen Flocken nennt – und daß die Eisblumen der Fenster aufblühten – denn er hatte äußern Frost bei Stubenhitze gern –: er konnte nun Pechholz in den Ofen und Möhrenkaffee in den Magen nachlegen und den rechten Fuß (statt in den Pantoffel) in die warme Hüfte des Pudels schieben und doch noch auf dem linken den Starmatz schaukeln, der die Nase des alten Schilles abraupte, indes er mit der rechten Hand – mit der linken hielt er die Pfeife – so ungestört, eingemummt, umnebelt und ohne ein frostiges Lüftchen das Wichtigste anfing, was ein Quintus machen kann – den Lektionskatalog des flachsenfingischen Gymnasiums, nämlich das Achtel davon. Ich halte den *ersten Druck* in der Geschichte eines Gelehrten für wichtiger als die *ersten Drucke* in der Geschichte der Buchdrucker: Fixlein konnt' es gar nicht satt kriegen, das zu spezifizieren, was er künftiges Jahr g. G. traktieren wollte, und reihete deshalb, mehr Drucks als Nutzens wegen, noch drei bis vier pädagogische Fingerzeige dem Operationsplane sämtlicher Schulherren an.

Er trug nur noch einige Gedankenstriche als Fäden der Rede nach und sah dann das Opus nicht mehr an, weil er es vergessen wollte, damit er nach dem Abdrucke über seine eignen Gedanken erstaunte. Nun konnt' er den Meßkatalog, den er jährlich statt der Bücher desselben kaufte, ohne Seufzer aufschlagen: er war auch gedruckt wie ich.

Der freudige Narr hatte unter dem Schreiben den Kopf geschaukelt, die Hände gerieben, mit dem Steiße gehüpfet, das Gesicht gebohnt und an dem Zopfe gesogen. – – Jetzt konnt' er abends um fünf Uhr aufspringen, um sich zu erholen, und durch den magischen Dampf der Pfeife in seinem Bauer wie ein frischgefangener Vogel auf- und niederfahren. In den warmen Rauch leuchtete die lange Milchstraße der Straßenlaternen, und an seinem Bettvorhang hinauf lag rötend der bewegliche Widerschein der brennenden Fenster und illuminierten Bäume in der Nachbarschaft. Nun nahm er den Schnee der Zeit von dem Wintergrün der Erinnerung hinweg und sah die schönen Jahre seiner Kindheit aufgedeckt, frisch, grün und duftend vor sich darunter stehen. O es ist schön, daß der Rauch, der über unserem verpuffenden Leben aufsteigt, sich wie bei dem vergehenden Spießglas in neuen, obwohl poetischen Freuden-Blumen anlegt! – Er schauete aus seiner

Ferne von zwanzig Jahren in die stille Stube seiner Eltern hinein, wo sein Vater und sein Bruder noch nicht auf dem Welkboden und Darrofen des Todes einschwanden. Er sagte: »Ich will den heiligen Weihnachts-Abend gleich von früh an durchnehmen.« Schon beim Aufstehen traf er auf dem Tische heilige Flitter von der Gold- und Silberfolie an, mit der das Christuskind seine Äpfel und Nüsse des Nachts blasonieret und beschlagen hatte. – Auf der Münzprobationswaage der Freude ziehet dieser metallische Schaum mehr als die goldnen Kälber, die goldnen Pythagoras-Hüften und die güldnen Philister-Ärse der Kapitalisten. – Dann brachte ihm seine Mutter zugleich das Christentum und die Kleider bei: indem sie ihm die Hosen anzog, rekapitulierte sie leicht die Gebote, und unter dem Binden der Strümpfe die Hauptstücke. Wenn man kein Talglicht mehr brauchte: so maß er, auf dem Arm des Großvaterstuhles stehend, den nächtlichen Schuß des gelben klebrigen Laubes der Weihnachtsbirke ab und wandte viel weniger Aufmerksamkeit als sonst auf den kleinen weißen Winterflor, den die Hanfkörner, die die oben hängende Voliere verzettelte, aus den nassen Fensterfugen auftrieben. – Ich verdenke dem J. J. Rousseau seine flora petrinsularis[1] gar nicht; aber er nehme auch dem Quintus seine Fenster-Flora

---

[1] Die er von seiner Petersinsel im Bielersee liefern wollte.

11

nicht übel. – Da den ganzen Tag keine Schule war: so war Zeit genug übrig, den Metzger (seinen Bruder) zu bestellen und das Hausschlachten (wenn war besseres Frostwetter dazu?) vorzunehmen. Der Bruder hatte einige Tage vorher mit Lebens- und Prügelgefahr das Maststück in dem Luftloch eines Schloßfensters gefangen, indem er, auf der Fensterbrüstung stehend, die hinausgebogene Hand auf das Nachtlager des darin hockenden Mastochsen – so nannten sie den Spatzen – deckte. Es fehlte der Schlachterei weder an einem hölzernen Beile, noch an Würsten, Pökelfleisch u. dgl. – Um drei Uhr setzte sich der alte Gärtner, den die Leute den Kunstgärtner nennen mußten, mit einer kölnischen Pfeife in seinen großen Stuhl, und dann durfte kein Mensch mehr arbeiten. Er erzählte bloß Lügen vom äronautischen Christuskind und vom rauschenden Ruprecht mit Schellen. In der Dämmerung nahm der kleine Quintus einen Apfel, zerfällte ihn in alle Figuren der Stereometrie und breitete sie in zwei Abteilungen auf dem Tische auf; wurde nachher das Licht eingetragen: so fing er an zu erstaunen über den Fund und sagte zum Bruder: »Sieh nur, wie das fromme Christkindlein mir und dir bescheret hat, und ich habe einen Flügel von ihm schimmern sehen.« Und auf dieses Schimmern lauerte er selber den ganzen Abend auf. –

Schon um acht Uhr – er steifet sich hier meistens auf die Chronik seiner Zettel-Kommode – wurden beide mit wundgeriebenem Halse und in frischer Wäsche und der allgemeinen Besorgnis, daß der heilige Christ sie noch außer den Betten erblicke, in diese geschafft. Welche lange Zaubernacht! – Welches Getümmel der träumenden Hoffnungen! – Die gestaltenvolle, schimmernde Baumannshöhle der Phantasie zieht sich in der Länge der Nacht und in der Ermattung des träumerischen Abarbeitens immer dunkler und voller und grotesker hin – aber das Erwachen gibt dem dürstenden Herzen seine Hoffnungen wieder. – Alle Töne des Zufalls, der Tiere, des Nachtwächters sind der furchtsam-andächtigen Phantasie Klänge aus dem Himmel, Singstimmen der Engel in den Lüften, Kirchenmusik des morgendlichen Gottesdienstes. –

Ach das bloße Schlaraffenland von Eß- und Spielwaren war es nicht, was damals mit seiner Perspektive wie ein Freudenstrom gegen die Kammern unsers Herzens stürmte und was ja noch jetzt im Mondlicht der Erinnerung mit seinen dämmernden Landschaften unsere Herzen süß auflöset. – Ach das war es, das ists, daß es damals für unsere grenzenlosen Wünsche noch grenzenlose Hoffnungen gab; aber jetzt hat uns die Wirklichkeit nichts gelassen als die Wünsche!

Endlich liefen schnelle Lichter der Nachbarschaft über die Wand, und das Weihnachts-Trommeten und Hahnengeschrei vom Turm riß beide Kinder aus den Betten. Mit den Kleidern in den Händen – ohne Bangigkeit vor dem Dunkel – ohne Gefühl des Morgenfrostes – rauschend – trunken – schreiend stürzen sie von der Treppe in die dunkle Stube. – Die Phantasie wühlet im Back- und Obstgeruche der verfinsterten Schätze und malet ihre Luftschlösser beim Glimmen der Hesperidenfrüchte am Baume. – Unter dem Feuerschlagen der Mutter decken die fallenden Funken das Lustlager auf dem Tisch und den bunten Lusthain an der Wand spielend auf und zu, und ein einziger Glut-Atom trägt den hängenden Garten von Eden. – –

Plötzlich wurd' es licht, und der Quintus bekam das – Konrektorat und eine Stutzuhr …

## Der Weihnachtsabend

Am vierundzwanzigsten Dezember durften die Kinder des Medizinalrats Stahlbaum den ganzen Tag über durchaus nicht in die Mittelstube hinein, viel weniger in das daranstoßende Prunkzimmer. In einem Winkel des Hinterstübchens zusammengekauert, saßen Fritz und Marie, die tiefe Abenddämmerung war eingebrochen, und es wurde ihnen recht schaurig zumute, als man, wie es gewöhnlich an dem Tage geschah, kein Licht hereinbrachte. Fritz entdeckte ganz insgeheim wispernd der jüngern Schwester (sie war eben erst sieben Jahr alt worden), wie er schon seit frühmorgens es habe in den verschlossenen Stuben rauschen und rasseln und leise pochen hören. Auch sei nicht längst ein kleiner dunkler Mann mit einem großen Kasten unter dem Arm über den Flur geschlichen, er wisse aber wohl, daß es niemand anders gewesen als Pate Droßelmeier. Da schlug Marie die kleinen Händchen vor Freude zusammen und rief: »Ach, was wird nur Pate Droßelmeier für uns Schönes gemacht haben.« Der Obergerichtsrat Droßelmeier war gar kein hübscher Mann, nur klein und mager, hatte viele Runzeln im Gesicht, statt des rechten Auges ein großes schwarzes Pflaster und auch gar keine Haare, weshalb er eine sehr schöne weiße Perücke trug, die war aber von Glas und ein künstliches Stück Arbeit. Überhaupt war der Pate selbst auch ein sehr künstlicher Mann, der sich sogar auf Uhren verstand und selbst welche machen konnte. Wenn daher eine von den schönen Uhren in Stahlbaums Hause krank war und nicht singen konnte, dann kam Pate Droßelmeier, nahm die Glasperücke ab, zog sein gelbes Röckchen aus, band eine blaue Schürze um und stach mit spitzigen Instrumenten in die Uhr hinein, so daß es der kleinen Marie ordentlich wehe tat, aber es verursachte der Uhr gar keinen Schaden, sondern sie wurde vielmehr wieder lebendig und fing gleich an recht lustig zu schnurren, zu schlagen und zu singen, worüber denn alles große Freude hatte. Immer trug er, wenn er kam, was Hübsches für die Kinder in der Tasche, bald ein Männlein, das die Augen verdrehte und Komplimente machte, welches komisch anzusehen war, bald eine Dose, aus der ein Vögelchen heraushüpfte, bald was anderes. Aber zu Weihnachten, da hatte er immer ein schönes künstliches Werk verfertigt, das ihm viel Mühe gekostet, weshalb es auch, nachdem es einbeschert worden, sehr sorglich von den Eltern aufbewahrt wurde. – »Ach, was wird nur Pate Droßelmeier für uns Schönes gemacht haben«, rief nun Marie; Fritz meinte aber, es könne wohl diesmal nichts anders sein, als eine Festung, in der allerlei sehr hübsche Soldaten auf- und abmarschierten und exerzierten, und dann müßten andere Soldaten kommen, die in die Festung hineinwollten, aber nun schössen die Soldaten von innen tapfer heraus mit Kanonen, daß es tüchtig brauste und knallte. »Nein, nein«, unterbrach Marie den Fritz, »Pate Droßelmeier hat mir von einem schönen Garten erzählt, darin ist ein großer See, auf dem schwimmen sehr herrliche Schwäne mit goldnen Halsbändern herum und singen die hübschesten Lieder. Dann kommt ein kleines Mädchen aus dem Garten an den See und lockt die Schwäne heran und füttert sie mit süßem Marzipan.« »Schwäne fressen keinen Marzipan«, fiel Fritz etwas rauh ein, »und einen ganzen Garten kann Pate Droßelmeier auch nicht machen. Eigentlich haben wir wenig von seinen Spielsachen; es wird uns ja alles gleich wieder weggenommen, da ist mir denn doch das viel lieber, was uns Papa und Mama einbescheren, wir behalten es fein und können damit machen, was wir wollen.« Nun rieten die Kinder hin und her, was es wohl diesmal wieder geben könne. Marie meinte, daß Mamsell Trutchen (ihre große Puppe) sich sehr verändere, denn ungeschickter als jemals, fiele sie jeden Augenblick auf den Fußboden, welches ohne garstige Zeichen im Gesicht nicht abginge, und dann sei an Reinlichkeit in der Kleidung gar nicht mehr zu denken. Alles tüchtige Ausschelten helfe nichts. Auch habe Mama gelächelt, als sie sich über Gretchens kleinen Sonnenschirm so gefreut. Fritz versicherte dagegen, ein tüchtiger Fuchs fehle seinem Marstall durchaus so wie seinen Truppen gänzlich an Kavallerie, das sei dem Papa recht gut bekannt. – So wußten die Kinder wohl, daß die Eltern ihnen allerlei schöne Gaben eingekauft hatten, die sie nun aufstellten, es war ihnen aber auch gewiß, daß dabei der liebe Heilige Christ mit gar freundlichen frommen Kindesaugen hineinleuchte, und daß, wie von segensreicher Hand berührt, jede Weihnachtsgabe herrliche Lust bereite wie keine andere. Daran erinnerte die Kinder, die immerfort von den zu erwartenden Geschenken wisperten, ihre ältere Schwester Luise, hinzufügend, daß es nun aber auch der Heilige Christ sei, der durch die Hand der lieben Eltern den Kindern immer das beschere, was ihnen wahre Freude und Lust bereiten könne, das wisse er viel besser als die Kinder selbst, die müßten daher nicht allerlei wünschen und hoffen, sondern still und fromm erwarten, was ihnen beschert worden. Die kleine Marie wurde ganz nachdenklich, aber Fritz murmelte vor sich hin: »Einen Fuchs und Husaren hätt' ich nun einmal gern.«

Es war ganz finster geworden. Fritz und Marie, fest aneinandergerückt, wagten kein Wort mehr zu reden, es war ihnen, als rausche es mit linden Flügeln um sie her und als ließe sich eine ganz ferne, aber sehr herrliche Musik vernehmen. Ein heller Schein streifte an der Wand hin, da wußten die Kinder, daß nun das Christkind auf glänzenden Wolken fort- geflogen zu andern glücklichen Kindern. In dem Augenblick ging es mit silberhellem Ton: Klingling, klingling, die Türen sprangen auf, und solch ein Glanz strahlte aus dem großen Zimmer hinein, daß die Kinder mit lautem Ausruf: »Ach! – Ach!« wie erstarrt auf der Schwelle stehen blieben. Aber Papa und Mama traten in die Türe, faßten die Kinder bei der Hand und sprachen: »Kommt doch nur, kommt doch nur, ihr lieben Kinder, und seht, was euch der Heilige Christ beschert hat.«

### Die Gaben

Ich wende mich an dich selbst, sehr geneigter Leser oder Zuhörer Fritz – Theodor – Ernst – oder wie du sonst heißen magst, und bitte dich, daß du dir deinen letzten, mit schönen bunten Gaben reich geschmück- ten Weihnachtstisch recht lebhaft vor Augen bringen mögest, dann wirst du es dir wohl auch denken können, wie die Kinder mit glänzenden Augen ganz verstummt stehen blieben, wie erst nach einer Weile Marie mit einem tiefen Seufzer rief: »Ach, wie schön – ach, wie schön«, und Fritz einige Luftsprünge ver- suchte, die ihm überaus wohl gerieten. Aber die Kin- der mußten auch das ganze Jahr über besonders artig und fromm gewesen sein, denn nie war ihnen so viel Schönes, Herrliches einbeschert worden, als dieses Mal. Der große Tannenbaum in der Mitte trug viele goldne und silberne Äpfel, und wie Knospen und Blüten keimten Zuckermandeln und bunte Bonbons und was es sonst noch für schönes Naschwerk gibt, aus allen Ästen. Als das Schönste an dem Wunderbaum mußte aber wohl gerühmt werden, daß in seinen dunkeln Zweigen hundert kleine Lichter wie Sternlein funkelten und er selbst, in sich hinein- und herausleuchtend, die Kinder freundlich einlud, seine Blüten und Früchte zu pflücken. Um den Baum umher glänzte alles sehr bunt und herrlich – was es da alles für schöne Sachen gab – ja, wer das zu beschreiben vermöchte! Marie erblickte die zierlichsten Puppen, allerlei saubere kleine Gerätschaften, und was vor allem schön anzusehen war, ein seidenes Kleidchen, mit bunten Bändern zierlich geschmückt, hing an einem Gestell so der kleinen Marie vor Augen, daß sie es von allen Seiten betrachten konnte, und das tat sie denn auch, indem sie ein Mal über das andere ausrief: »Ach, das schöne, ach, das liebe – liebe Kleidchen; und das werde ich – ganz gewiß – das werde ich wirklich anziehen dürfen!« – Fritz hatte indessen schon, drei- oder viermal um den Tisch herumgaloppierend und -trabend, den neuen Fuchs versucht, den er in der Tat am Tische angezäumt gefunden. Wieder absteigend, meinte er, es sei eine wilde Bestie, das täte aber nichts, er wolle ihn schon kriegen, und musterte die neue Schwadron Husaren, die sehr prächtig in Rot und Gold gekleidet waren, lauter silberne Waffen trugen und auf solchen weißglänzenden Pferden ritten, daß man beinahe hätte glauben sollen, auch diese seien von purem Silber. Eben wollten die Kinder, etwas ruhiger geworden, über die Bilderbücher her, die aufgeschlagen waren, daß man allerlei sehr schöne Blumen und bunte Menschen, ja auch allerliebste spielende Kinder, so natürlich gemalt, als lebten und sprächen sie wirklich, gleich anschauen konnte. – Ja! eben wollten die Kinder über diese wunderbaren Bücher her, als nochmals geklingelt wurde. Sie wußten, daß nun der Pate Droßelmeier einbescheren würde, und liefen nach dem an der Wand stehenden Tisch. Schnell wurde der Schirm, hinter dem er so lange versteckt gewesen, weggenommen. Was erblickten da die Kinder! – Auf einem grünen, mit bunten Blumen geschmückten Rasenplatz stand ein sehr herrliches Schloß mit vielen Spiegelfenstern und goldnen Türmen. Ein Glockenspiel ließ sich hören, Türen und Fenster gingen auf, und man sah, wie sehr kleine, aber zierliche Herrn und Damen mit Federhüten und langen Schleppkleidern in den Sälen herumspazierten. In dem Mittelsaal, der ganz in Feuer zu stehen schien – so viel Lichterchen brannten an silbernen Kronleuchtern – tanzten Kinder in kurzen

Wämschen und Röckchen nach dem Glockenspiel. Ein Herr in einem smaragdenen Mantel sah oft durch ein Fenster, winkte heraus und verschwand wieder, sowie auch Pate Droßelmeier selbst, aber kaum viel höher als Papas Daumen, zuweilen unten an der Tür des Schlosses stand und wieder hineinging. Fritz hatte mit auf den Tisch gestemmten Armen das schöne Schloß und die tanzenden und spazierenden Figürchen angesehen, dann sprach er: »Pate Droßelmeier! Laß mich mal hineingehen in dein Schloß!« – Der Obergerichtsrat bedeutete ihn, daß das nun ganz und gar nicht anginge. Er hatte auch recht, denn es war töricht von Fritzen, daß er in ein Schloß gehen wollte, welches überhaupt mitsamt seinen goldnen Türmen nicht so hoch war, als er selbst. Fritz sah das auch ein. Nach einer Weile, als immerfort auf dieselbe Weise die Herrn und Damen hin und her spazierten, die Kinder tanzten, der smaragdne Mann zu demselben Fenster heraussah, Pate Droßelmeier vor die Türe trat, da rief Fritz ungeduldig: »Pate Droßelmeier, nun komm mal zu der andern Tür da drüben heraus.« »Das geht nicht, liebes Fritzchen«, erwiderte der Obergerichtsrat. »Nun so laß mal«, sprach Fritz weiter, »laß mal den grünen Mann, der so oft herauskuckt, mit den andern herumspazieren.« »Das geht auch nicht«, erwiderte der Obergerichtsrat aufs neue. »So sollen die Kinder herunterkommen«, rief Fritz, »ich will sie näher besehen.« »Ei, das geht alles nicht«, sprach der Obergerichtsrat verdrießlich, »wie die Mechanik nun einmal gemacht ist, muß sie bleiben.« »So-o?« fragte Fritz mit gedehntem Ton, »das geht alles nicht? Hör' mal, Pate Droßelmeier, wenn deine kleinen geputzten Dinger in dem Schlosse nichts mehr können als immer dasselbe, da taugen sie nicht viel, und ich frage nicht sonderlich nach ihnen. – Nein, da lob' ich mir meine Husaren, die müssen manövrieren vorwärts, rückwärts, wie ich's haben will, und sind in kein Haus gesperrt.« Und damit sprang er fort an den Weihnachtstisch und ließ seine Eskadron auf den silbernen Pferden hin und her trottieren und schwenken und einhauen und feuern nach Herzenslust. Auch Marie hatte sich sachte fortgeschlichen, denn auch sie wurde des Herumgehens und Tanzens der Püppchen im Schlosse bald überdrüssig und mochte es, da sie sehr artig und gut war, nur nicht so merken lassen, wie Bruder Fritz. Der Obergerichtsrat Droßelmeier sprach ziemlich verdrießlich zu den Eltern: »Für unverständige Kinder ist solch künstliches Werk nicht, ich will nur mein Schloß wieder einpacken«; doch die Mutter trat hinzu und ließ sich den innern Bau und das wunderbare, sehr künstliche Räderwerk zeigen, wodurch die kleinen Püppchen in Bewegung gesetzt wurden. Der Rat nahm alles auseinander und setzte es wieder zusammen. Dabei war er wieder ganz heiter geworden und schenkte den Kindern noch einige schöne braune Männer und Frauen mit goldnen Gesichtern, Händen und Beinen. Sie waren sämtlich aus Thorn und rochen so süß und angenehm wie Pfefferkuchen, worüber Fritz und Marie sich sehr erfreuten. Schwester Luise hatte, wie es die Mutter gewollt, das schöne Kleid angezogen, welches ihr einbeschert worden, und sah wunderhübsch aus, aber Marie meinte, als sie auch ihr Kleid anziehen sollte, sie möchte es lieber noch ein bißchen so ansehen. Man erlaubte ihr das gern.

## Der Schützling

Eigentlich mochte Marie sich deshalb gar nicht von dem Weihnachtstisch trennen, weil sie eben etwas noch nicht Bemerktes entdeckt hatte. Durch das Ausrücken von Fritzens Husaren, die dicht an dem Baum in Parade gehalten, war nämlich ein sehr vortrefflicher kleiner Mann sichtbar geworden, der still und bescheiden dastand, als erwarte er ruhig, wenn die Reihe an ihn kommen werde. Gegen seinen Wuchs wäre freilich vieles einzuwenden gewesen, denn abgesehen davon, daß der etwas lange, starke Oberleib nicht recht zu den kleinen dünnen Beinchen passen wollte, so schien auch der Kopf bei weitem zu groß. Vieles machte die propre Kleidung gut, welche auf einen Mann von Geschmack und Bildung schließen ließ. Er trug nämlich ein sehr schönes violettglänzendes Husarenjäckchen mit vielen weißen Schnüren und Knöpfchen, ebensolche Beinkleider und die schönsten Stiefelchen, die jemals an die Füße eines Studenten, ja wohl gar eines Offiziers gekommen sind. Sie saßen an den zierlichen Beinchen so knapp angegossen, als wären sie darauf gemalt. Komisch war es zwar, daß er zu dieser Kleidung sich hinten einen schmalen unbeholfenen Mantel, der recht aussah wie von Holz, angehängt und ein Bergmannsmützchen aufgesetzt hatte, indessen dachte Marie daran, daß Pate Droßelmeier ja auch einen sehr schlechten Matin umhänge und eine fatale Mütze aufsetze, dabei aber doch ein gar lieber Pate sei. Auch stellte Marie die Betrachtung an, daß Pate Droßelmeier, trüge er sich auch übrigens so zierlich wie der Kleine, doch nicht einmal so hübsch als er aussehen werde. Indem Marie den netten Mann, den sie auf den ersten Blick liebgewonnen, immer mehr und mehr ansah, da wurde sie erst recht inne, welche Gutmütigkeit auf seinem Gesichte lag. Aus den hellgrünen, etwas zu großen hervorstehenden Augen sprach nichts als Freundschaft und Wohlwollen. Es stand dem Manne gut, daß sich um sein Kinn ein wohlfrisierter Bart von weißer Baumwolle legte, denn um so mehr konnte man das süße Lächeln des hochroten Mundes bemerken. »Ach!« rief Marie endlich aus, »ach, lieber Vater, wem gehört denn der allerliebste kleine Mann dort am Baum?« »Der«, antwortete der Vater, »der, liebes Kind, soll für euch alle tüchtig arbeiten, er soll euch fein die harten Nüsse aufbeißen, und er gehört Luisen ebensogut, als dir und dem Fritz.« Damit nahm ihn der Vater behutsam vom Tische, und indem er den hölzernen Mantel in die Höhe hob, sperrte das Männlein den Mund weit, weit auf und zeigte zwei Reihen sehr weißer spitzer Zähnchen. Marie schob auf des Vaters Geheiß eine Nuß hinein, und – knack – hatte sie der Mann zerbissen, daß die Schalen abfielen und Marie den süßen Kern in die Hand bekam. Nun mußte wohl jeder und auch Marie wissen, daß der zierliche kleine Mann aus dem Geschlecht der Nußknacker abstammte und die Profession seiner Vorfahren trieb. Sie jauchzte auf vor Freude, da sprach der Vater: »Da dir, liebe Marie, Freund Nußknacker so sehr gefällt, so sollst du ihn auch besonders hüten und schützen, unerachtet, wie ich gesagt, Luise und Fritz ihn mit ebenso vielem Recht brauchen können als du!« – Marie nahm ihn sogleich in den Arm und ließ ihn Nüsse aufknacken, doch suchte sie die kleinsten aus, damit das Männlein nicht so weit den Mund aufsperren durfte, welches ihm doch im Grunde nicht gut stand. Luise gesellte sich zu ihr, und auch für sie mußte Freund Nußknacker seine Dienste verrichten, welches er gern zu tun schien, da er immerfort sehr freundlich lächelte. Fritz war unterdessen vom vielen

Exerzieren und Reiten müde geworden, und da er so lustig Nüsse knacken hörte, sprang er hin zu den Schwestern und lachte recht von Herzen über den kleinen drolligen Mann, der nun, da Fritz auch Nüsse essen wollte, von Hand zu Hand ging und gar nicht aufhören konnte mit Auf- und Zuschnappen. Fritz schob immer die größten und härtesten Nüsse hinein, aber mit einem Male ging es – krack – krack – und drei Zähnchen fielen aus des Nußknackers Munde, und sein ganzes Unterkinn war lose und wacklicht. – »Ach, mein armer lieber Nußknacker!« schrie Marie laut und nahm ihn dem Fritz aus den Händen. »Das ist ein einfältiger dummer Bursche«, sprach Fritz. »Will Nußknacker sein und hat kein ordentliches Gebiß – mag wohl auch sein Handwerk gar nicht verstehn. – Gib ihn nur her, Marie! Er soll mir Nüsse zerbeißen, verliert er auch noch die übrigen Zähne, ja das ganze Kinn obendrein, was ist an dem Taugenichts gelegen.« »Nein, nein«, rief Marie weinend, »du bekommst ihn nicht, meinen lieben Nußknacker, sieh nur her, wie er mich so wehmütig anschaut und mir sein wundes Mündchen zeigt! – Aber du bist ein hartherziger Mensch – du schlägst deine Pferde und läßt wohl gar einen Soldaten totschießen.« – »Das muß so sein, das verstehst du nicht«, rief Fritz; »aber der Nußknacker gehört ebensogut mir als dir, gib ihn nur her.« – Marie fing an heftig zu weinen und wickelte den kranken Nußknacker schnell in ihr kleines Taschentuch ein. Die Eltern kamen mit dem Paten Droßelmeier herbei. Dieser nahm zu Mariens Leidwesen Fritzens Partie. Der Vater sagte aber: »Ich habe den Nußknacker ausdrücklich unter Mariens Schutz gestellt, und da, wie ich sehe, er dessen eben jetzt bedarf, so hat sie volle Macht über ihn, ohne daß jemand dreinzureden hat. Übrigens wundert es mich sehr von Fritzen, daß er von einem im Dienst Erkrankten noch fernere Dienste verlangt. Als guter Militär sollte er doch wohl wissen, daß man Verwundete niemals in Reihe und Glied stellt?« – Fritz war sehr beschämt und schlich, ohne sich weiter um Nüsse und Nußknacker zu bekümmern, fort an die andere Seite des Tisches, wo seine Husaren, nachdem sie gehörige Vorposten ausgestellt hatten, ins Nachtquartier gezogen waren. Marie suchte Nußknackers verlorne Zähnchen zusammen, um das kranke Kinn hatte sie ein hübsches weißes Band, das sie von ihrem Kleidchen abgelöst, gebunden und dann den armen Kleinen, der sehr blaß und erschrocken aussah, noch sorgfältiger als vorher in ihr Tuch eingewickelt. So hielt sie ihn wie ein kleines Kind wiegend in den Armen und besah die schönen Bilder des neuen Bilderbuchs, das heute unter den andern vielen Gaben lag. Sie wurde, wie es sonst gar nicht ihre Art war, recht böse, als Pate Droßelmeier so sehr lachte und immerfort fragte, wie sie denn mit solch einem grundhäßlichen kleinen Kerl so schön tun könne. – Jener sonderbare Vergleich mit Droßelmeier, den sie anstellte, als der Kleine ihr zuerst in die Augen fiel, kam ihr wieder in den Sinn, und sie sprach sehr ernst: »Wer weiß, lieber Pate, ob du denn, putztest du dich auch so heraus wie mein lieber Nußknacker, und hättest du auch solche schöne blanke Stiefelchen an, wer weiß, ob du denn doch so hübsch aussehen würdest als er!« – Marie wußte gar nicht, warum denn die Eltern so laut auflachten, und warum der Obergerichtsrat solch eine rote Nase bekam und gar nicht so hell mitlachte wie zuvor. Es mochte wohl seine besondere Ursache haben.

JEREMIAS GOTTHELF

Merkwürdige Reden,
gehört zu Krebsligen zwischen zwölf und
ein Uhr in der Heiligen Nacht

Unter den Ziegen bin ich geboren und unter den
Kühen aufgewachsen, Schmutzhausen ist meine Heimat, das Fürstentum Dünkellust mein Vaterland.
Was man auf den Ofentritten erzählte, war mir alles
bekannt, sonst aber meine Bildung nicht weit her.
Aber einen großen Drang fühlte ich von jeher in mir:
ich vergaß, was dahinten, und streckte mich nach
dem, was davornen, und ward eine sehr bedeutende
Person. Wie und welche, ein ander Mal. Ich arbeitete,
daß man meinen Schweiß zwanzig Schritte weit in
die Nase kriegte, und doch kam ich bei unserm
Fürsten in Ungunst, andere wurden mir vorgezogen.
Um diesem Unglanze zu entgehen und so oft als
möglich in dem Glanze zu stehen, der mir gebührte,
machte ich mich gerne abseits, suchte Aufträge, die
mich aufs Land führten; dort konnte ich mich zeigen, als der ich war, und da warf niemand einen
Schatten über mich, und wer für einen Tag ver-
schickt wird und nicht zwei daraus zu machen weiß,
der muß ein Lümmel sein. Am liebsten entfernte ich
mich über die Festtage. Unser Fürst war noch alt-

gläubig, ich aber über solche altväterischen Dinge hinaus. Man kann sich daher leicht vorstellen, wie peinlich es mir war, tun zu müssen, als sei ich ein Christ, mir, der ich über solche Dinge weit hinaus war. Daher suchte ich mich über diese Zeiten zu entfernen; auf dem Land sah mir niemand nach, und während die andern vor einem, den sie den Höchsten nennen, knien, trage ich doch das schöne Bewußtsein in mir, daß ich weithin in der weiten Runde der Höchste sei.

So war ich im vorigen Jahre über die Weihnacht auch verreiset; ich wußte, daß zu Krebsligen Bezirksgericht sei. Ich fand mich dort ein wegen Dringendem, und meine Erscheinung erregte große Freude; sie traktierten mich wie üblich mit gutem Weine, ich sie dagegen mit leutseliger Freundlichkeit, und beidseitig waren wir glücklich und vergnügt dabei.

Meine Anwesenheit entband natürlich den Wirt von der gesetzlichen Ordnung, und es schlug gerade zwölf Uhr, als ich den letzten Bezirksrichter vor der Türe mit freundlichem Neigen verabschiedete und dem zündenden Wirte sagte, er solle nur hineingehen, ich werde gleich nachkommen. Es war eine herrliche Nacht, und die Natur leuchtete sehr hell und kühl, und mir war sehr warm. Romantisch bin ich nicht, aus andern Gründen ging ich etwas nebens Haus.

Dort hörte ich auf einmal gar seltsame Laute; es

war, als ob Mäuse pfiffen und gixten, wie sie es tun, wenn man ihnen auf den Stiel trappet; aber die seltsamen Töne, welche hinter einer Ecke hervor aus einem Kellerloch zu kommen schienen, verstand ich. »Es ist unerträglich«, quixte eine dünne Stimme, »will der Gstabi nicht bald ins Nest? Am Tage verfolgen uns Menschen und Katzen, und die Nächte macht man uns immer kürzer. Es wird noch dahin kommen, daß wir verreblen müssen.« – »Rufe doch eine die Polizei!« quixte eine andere. »Du Narr!« quixte eine dritte, »die hat man ja vorgestern wegen Mangel an Platz versteigert und hat verflümert daraus gelöst.« – »Wer ist Narr gnug gewesen, um darauf zu bieten?« – »Die Bauren fraßen sich fast darum«, antwortete ein Stimmchen. »Sie sagen, die Vögel achteten sich ihrer alten Bündengschücher nichts mehr, weil sie daran gewohnt seien, sie müssen neue haben auf die Äcker von wegen den Krähen und Tauben, und so wüßten sie keine bessern als die abgestandene Polizei. Aber packt auf! Er geht hinein!« Ich war nämlich erbittert worden und wollte den Wirt zur Rede stellen, wer so anzügliche Reden führe mit verstellter Stimme. »Und wenn er schon hineingeht, so geht er doch nicht ins Bett«, quixte es. »Der trinkt noch mit dem Wirte ein Gläschen Cognac und frägt nach der Stimmung. Wenn wir etwas wollen, so müssen wir anderswohin, sonst graut der Morgen, ehe wir ein Brösmeli haben.«

Dies hörte ich noch, als ich um die Ecke zur Türe schwenkte, vor welcher der Hund saß und ins Blaue boll. Aber wie versteinert stand ich, als ich in rauhem Basse die Frage hörte: »Warum billst du diese Nacht nicht?« Und durch die Lüfte antwortete eine Stimme: »Wir haben heute geküchelt, und ich habe keine Küchli bekommen; nun werde ich künftig nicht mehr so fleißig sein mit Wadien und Bellen.« – »Bhüt dih Gott, leb wohl, Blaß!« flüsterte eine zärtliche Stimme, und eine große schwarze Katze strich dem Hund um die Beine, während eine kleinere mit aufgehobenem Schweife unter der Türe stand. »Wo zum Schinder willst du hin?« frug der Blaß. »Fort will ich. Seitdem kein Feierabend mehr ist, sind keine Mäuse mehr zu kriegen, und jetzt bleiben unsere Jungfrauen wieder da, und solange die da sind, ists für uns Katzen mit dem übrigen Mausen aus; die pfuschen uns schrecklich ins Handwerk. So will ich fort und an einem bessern Orte mein Brot suchen. Komm mit, Blaß!« Da sah Blaß mich in der Ecke stehen und boll mit fürchterlicher Stimme nach mir hin: »Wottsch furt, du Schelm!« Unwillkürlich fuhrs mir in die Beine, ich sprang der Scheune zu, die nicht weit vom Hause lag. Ein seltsames Tönen stellte meine Flucht. Dieses Tönen war feierlich, grauenhaft, kam vom Roßstalle her, und daraus wickelten sich folgende Worte hervor.

»Zwölfe hats vom Turm geklungen.
Brüder, Schwestern, auf, erwacht!
Seht, die Bande unsrer Zungen
Sind mit einem Riß zersprungen
Vor der unsichtbaren Macht,
Der die Engel einst gesungen
In der Christen Heilgen Nacht!
Auf, erwacht!«

Da fiel mir ein aus meiner Jugend her, daß die Tiere in der Heiligen Nacht eine Stunde sollten reden können. Ich hatte es längst nicht mehr geglaubt, nebst noch vielem andern nicht, und jetzt auf der obersten Stufe der Aufklärung sollte mir so etwas begegnen! Ich wollte mich überreden, es treibe jemand mit mir Schindluder, und es dünkte mich, wenn ich nur die Polizei bei mir hätte. Aber ich konnte nicht ab Platz, und es war mir selbst, als hätten wir sie in den letzten Tagen versteigert. Und kaum hatte ich das gedacht, so erscholl, Welten durchzitternd wie verhaltener Donner, aus gewaltigen Kehlen der Spruch:

»Ja, wir fühlens, luftdurchdrungen,
Daß das schwere Band der Zungen
Mit dem ersten Glockenklang
Gleich des Kornes Hülse sprang.
Ja, wir sind, wir sind erwacht;
Auf, benutzt der Stunde Macht!«

»Lebst du noch, du alter Kratten?« frug aus dem verhallenden Chor eine mutwillige Stimme. »Als wir uns letztes Jahr in Hallau trafen, dachte ich nicht, daß du an deinem Kachelicharren die heutige Stunde erleben werdest.« – »Ich auch nicht«, antwortete das angesprochene Roß. »Aber es ging mir im vergangenen Jahre gut. Jetzt bin ich ein Staatsroß und fordere Respekt.« Da lachten alle, daß der Boden unter den Füßen mir wackelte. »Du ein Staatsroß?« – »Ja. Ein Lohnkutscher sah mich und kaufte mich. Er bedient einen Herrn, der von Rossen nichts versteht, alle verderbt, aber vornehm fahren möchte wie ein vornehmer Herr. Der lag dem Kutscher schon lange an, er sollte doch einen Stumper kaufen, die langen Schwänze könne er nicht leiden, man werde immer gespritzt. Mein Herr wußte, wo der Has im Pfeffer lag, kaufte mich um dreizehn Gulden Reichsgeld und spannt mich nun dem vornehmen Herrn ein als Staatsroß. Er sagte ihm, ich sei ein vornehmer Engeländer, koste siebenundvierzig Louisdors, ein Lord habe mich in Baden verspielt. Nun hat mein Herr Respekt vor mir, fast wie vor einem vornehmen Herrn, macht mit mir Staat im Lande herum, füttert mich brav, hat immer Angst, er könnte mir übertun und siebenundvierzig Louisdors auf seinen Buckel fallen. So habe ichs gut in meinen alten Tagen, schlage alle Tage zweimal aus, dann sagt mein Herr: ›La, la!‹, und wenn es gegen einen Ort, besonders ein

Städtchen geht, so setze ich mich in kurzen Galopp, der meinen steifen Beinen am besten zusagt, dann sagt mein Herr: ›Na, na!‹, und wenn er aussteigt, stellt er sich neben mich, um vom Wirt den schönen Stumper rühmen zu hören, und dann erzählt er von den siebenundvierzig Dublonen und dem Engländer, daß ich den Wirt nicht ansehen darf aus Furcht, er lache mir ins Gesicht.«

Ich wußte nicht, träumte oder wachte ich, als mein Roß mich so runtermachte, aber antworten konnte ich nicht. Hingegen hörte ich eine andere Stimme, und die sprach: »Ach, ich möchte doch auch so ein Staatsroß werden für einen vornehmen Herrn, das Musterlimitieren verleidet mir je länger je mehr. Ehedem suchte mein Herr hie und da ein Mädchen mehr, als er sollte, aber, was ich um so mehr zu ziehen hatte, das konnte ich um so langsamer fahren, und die Tagreisen wurden alle Tage kürzer. Jetzt aber fährt mein Herr wie ein Jude und führt neben seinen Musterkarten Päcker zentnerweise mit sich. Er führt einen Zentner Traktätlein mit sich und teilt sie mit gottseligen Reden an fromme Krämersweiber aus, einen Zentner Aargauer Großratsgeschwätz und regaliert damit naseweise Krämer, einen Zentner gut katholischer Schriften und bahnt sich damit Weg, wo man es nicht glauben sollte. Jetzt hat er noch einen Zentner Genferpapier, und auf Ostern hat er zwei Zentner Zürcherschriften bestellt, die noch nicht gedruckt sind, so daß ich mehr zu ziehen habe als ein Kacheler und des Lebens satt bin. Und wenn er sich mit den einen wegen Wieland, mit den andern wegen Frey-Herosé, mit den dritten wegen Scherr, mit den vierten wegen Leu und Papst verdampet hat, so soll ich mit Springen die Zeit einbringen. Wenn ich wüßt, wie machen, ich schmisse meinen Herrn in ein Loch, wo er nicht wieder rauskäme.«

»Ach du meine Güte!« fing eine andere Stimme an, »verständige dich doch mit Wünschen! Gerade so wünschte ich vor einem Jahre, als ich noch bei meinem letzten Herrn war und der mir des Nachts keine Ruhe gönnte und herumsprengte wie ein Nachtgeist, weil er mit den Wirten am besten handeln könne, wenn es Feierabend sein sollte. Da stolperte ich expreß; auf einige Plätze ab kam es mir nicht an, wenn er den Hals gebrochen hätte. Er ist aber nicht dumm, er verkaufte mich einem andern Hause, das einem jungen Reisenden kein kostbares Roß anvertrauen wollte. Das Haus hat seinen Kredit verloren, es lieferte die Ware anders, als die Muster waren, drängte mit Wechseln, überschüttete seine Schuldner mit Waren, bis sie ruiniert waren, kurz, brauchte alle möglichen Kniffe. Als der Kredit abnahm, meinte es, der Reisende sei schuld, und stellte einen andern an, der meint, es sei noch nie so einer gewesen, wie er werden will. Der will nun Absatz zwingen, hält vor allen Krämerladen, bindet mich an den Zaun, denn ins Wirtshaus geht er so wenig als möglich, weil er auch wohlfeiler reisen will als die andern alle. Ist er einmal ausgestiegen, so will er nicht wieder herein. Er packt alle seine Muster aus; will man nicht von diesem, so soll man von jenem nehmen: hätte man Seidenband nicht nötig, so wäre mit Koriander ein guter Schick zu machen, und mag man nicht Zucker, so hätte er vortreffliches Salatöl, und will man nicht Salatöl, so hat er Muster von extra feinem Teufelsdreck. So geht es oft stundenlang, daß ich manchmal sehe, wenn ich von weitem gegen ein Haus komme, und man hat uns gesehen, wie das zu allen Türen hinausfliegt und niemand daheim sein will. Der Krämer soll über Land sein, die Frau über Feld, der Sohn ist auf dem Acker, die Tochter im Bohnenplätz, und die Magd will nicht wissen, wenn das ein oder andere zurückkommt. Mein Junge will Geschäfte machen und meint, die Magd soll ihm den Weg zeigen in die Bohnenplätz zu der Tochter. Aber die Magd will nicht, sie muß hüten; da steht mein Junge eine halbe Stunde verlegen da, weiß nicht, soll er fahren, soll er warten, erbost guckt der Krämer zur Stalltüre aus, die Krämerin lauscht am Küchenfenster, und ich muß da stehen, im Sommer der Brämen Speis, im Winter erfriere ich, und noch jetzt bin ich an den Füßen nicht erwarmet und kann wieder stundenlang stehen in Eis und Schnee, und am Ende, wenn mein Junge nicht Geschäfte macht, nur das kleine Ordinäri! Es ist ein verfluchtes Leben! Zehnmal lieber wollte ich springen, daß die Funken stöben.«

Da seufzte es tief auf gerade neben dem Redner. »Was seufzest du so hart«, fragte das vorige Roß, »und wie kömmst du daher? Dem Kreuze nach bist du ja eine Siebentalerin aus dem Bernbiet? Übel muß es dir nicht gegangen sein, denn du bist ja speck-feiß!« – »Ach, sonst ging es mir gut«, antwortete ein niedliches Mährli in der Siebentalersprache, »mein Herr war stolz auf mich, und weiter als bis auf Thun mußte ich nicht springen, und wenn es hie und da nach Bern ging, so kehrte mein Herr so oft ein, daß mir die Reise nicht beschwerlich war. Aber gestern ist es gerade vier Wochen, da wird ihm seine Frau krank, und seither habe ich das elendeste Leben, ich gönnte es keinem Hund. Tag und Nacht geht es von einem Doktor zum andern, sollte immer im Gestreckten gehn, und wenn ich nicht mehr mag, kriege ich gar die Geißel, von der ich früher gar nichts wußte.« – »Dein Herr wird so ein junger Narr sein, der meint, wenn eine Frau gestorben, gebe es keine andere?« – »Selb nicht«, antwortete die Siebentalerin, »er hat sie schon zwanzig Jahre und sechs Kinder von ihr.« – »Was ist denn das für ein Narr? Bei uns im Schwarzwald straplizierrt wegen einer kranken Frau keiner sein Roß, je mehr Weiber, desto mehr Ehesteuern, meint man.« – »Ja, das ist darum bei uns nicht so«, sagte die Siebentalerin, »aber nicht von wegen der Liebe, sondern von wegen dem Geld. Von wegen, wenn einem seine Frau stirbt, so muß er alles das vorhandene Gut zu gleichen Teilen mit seinen Kindern teilen, und das kommt manchen unkommod, und mein Herr wäre übel zweg, wenn er teilen müßte.« Da bezeugten sämtliche Rosse ihre Verwunderung, wie dumm die Männer im Siebental sein müßten, daß sie so was täten. Jetzt begehrte aber die Siebentalerin auf und wollte das nicht glauben. Ds Konträri, sagte sie, es gebe im ganzen Kanton nicht durchtriebenere Männer als im Siebental, aber niene so listige und fini Wyber als dort, das sig ebe dr Tüfel. Vor vielen hundert Jahren schon hätten die Weiber gesehen, wie es reiche Männer machen, wenn sie Witwer werden, wie sie dNarre machten, mit dem Reichtum großen Staat und den jungen Mädchen alles anhängten und zuletzt so einen Gauggel heirateten, so daß ihre Kinder unwert würden, nicht mehr Platz im Hause hätten und zuletzt nichts erbten, entweder weil der Vater alles vertan oder die letzte Frau alles ihren Kindern anhängen täte. Da seien die Weiber rätig geworden, den Männern das Nägeli zu stecken und für ihre Kinder zu sorgen und auch für sich selbst, und hätten eine lustige Geschichte ersonnen. Die Männer seien in die Falle getrappet, und zum Landrecht sei erhoben worden, daß bei dem Tode einer Frau das sämtliche vorhandene Gut zwischen Mann und Frau zu gleichen Teilen sollte geteilt werden. »Bald merkten die Männer den Lätsch, den sie am Halse hatten, und wollten ausschlüpfen, aber die Weiber hatten ihn zureitig angemacht, und die Männer mußten warten. Sie wußten sich nicht anders zu helfen, als ihre Weiber recht lieb zu haben, und je reicher um so lieber. Wenn einer der Finger wehtut, so läuft man zum Doktor, und wenn eine Bauchweh kriegt, so spannt man ds Mähri an, und das muß springe, als ob alle vier Beine absollten. Nun wurden wir schon am ersten Erlenbacher Herbstmärit mit den Hammen fertig, und seither kränkelt unsere Frau immer mehr und mehr und wird immer magerer, und dem Mann immer ängster, und ich muß immer strenger laufen und kann nicht sagen, er soll doch metzgen lassen, es bessere denn vielleicht wieder. Solang der alte Fuchs in der Nähe lebte, ging es mir nicht so bös, so aber muß ich springen immer weiter. Zu rechten Doktoren hat mein Herr keinen Glauben, es muß ein Gütterler oder ein Hexenmeister sein, und denen fährt er nach wie eine Surrfliege dem Roßmist. Jetzt hat er da von ein paar Hexenmeistern da draußen in dem Stinkland gehört, wo aller Haber nach Sauerkabis riecht, die brauchen kein Gütterli und keine Büppi, auf welche sie die Hand legen, die haben über die Geister Macht und können sie senden, wohin sie wollen, Kranke zu heilen und gesund zu machen.

Einen solchen Geist will mein Herr kaufen, und vielleicht soll ich ihn noch heimführen; da wäre erst der Schinder los, und ich riskiere den bösen Luft vom Geiste her, werde geschwollen und muß sterben trotz allem Springen.«

Da seufzte es grimmig und hohl nebenbei, und das Siebentalermähri glaubte, es sei der Geist, und sprang zitternd auf; aber als es genauer hinsah, war es nur eine alte Füllimähre aus einem andern Tal, und als das Siebentalerli schnauzte, warum die Alte so unflätig und grobänisch seufzte, da sagte die Alte, sie dürfe es fast nicht sagen, aber unter guten Freunden wolle sie es doch. Sie schäme sich grusam. Sie sei ihr Lebtag ein ehrlich Bauernroß gewesen, jetzt habe sie letzthin ihres Meisters Söhnen einen gestohlenen Trämel zur Säge müssen führen helfen. Sie hätte es nicht gewußt, sonst hätte sie keinen Strick angezogen und den unsaubern Gesellen mit Schlägen und Beißen Verstand machen wollen. Die Sache sei ausgekommen, und jetzt müsse sie dem Geschäft nachsprengen und habe da den Handel vernommen, es sei ihr geschmuecht worden, und sie dürfte sich fast nicht mehr auf der Straße zeigen. Wenn sie schon nur eine Füllimähre sei, so habe sie doch noch Scham im Leibe. »Aber trotz dieser Scham muß ich jetzt allen denen nachsprengen, von denen mein Meister glaubt, sie können wohlschmeckend machen, was stinkt, und aus Mist Heu. Denn der Meister flucht

gräßlich, nicht über die, welche gestohlen oder vielmehr gefrevelt, sondern über die, denen der Trämel
gestohlen oder vielmehr gefrevelt wurde, und über
die, welche es ausgebracht. Mit List, Geld und Proze-
dieren will er das Krumme grad machen. Jetzt mußte
ich zum Bezirksrichter sprengen, denn wenn einer
einem Schelm einen guten Rat weiß, so ist es der.
Weit und breit kommen die Leute zu ihm zu Rat,
noch viel weiter her als zu einem Gütterler. Sie müssen oft zwei Tage warten, bis sie vorkönnen, und so
wird es auch meinem Meister gegangen sein, denn
ich sollte um fünfe geschirrt sein und bin es dato
noch; die volle Sau von Stallknecht hat gedacht, am
Morgen hätte ich meinen schweren Kommet schon
an.«

Das letztere vernahm ich nur noch mit halbem
Ohr. Als ich vom Bezirksrichter hörte, dachte ich, da
sei was zu notieren, woran ich könnte dem Fürsten
und andern demonstrieren, wie wohltätig meine
Reisen für die allgemeine Wohlfahrt wären und wie
nützlich dem Vaterlande meine Popularität; doch
stockte meine Hand in der Tasche, als ich dachte,
wie aufbegehrisch der Fürst sei, und wenn er mit
Donnerwettern auf den Richter losfahre, was ich mit
einer alten Füllimähre gegen einen Rechtskundigen
beweisen wolle, die noch dazu in einer halben Stunde
kein vernünftig Wort mehr reden könne. Während
ich noch mit der Hand in der Tasche tiefsinnigen

Gedanken nachsann, begann die alte Mähre erbärmlich zu schreien:

> »Ach meine Ohren!
> Die sind verloren!
> Ach meine Mähnen!
> Mit blanken Zähnen
> Packt mich und rüttelt,
> Reißt mich und schüttelt
> Das Ungeheuer,
> Der Bläß Allgäuer!«

Eine helle Stimme tönte in das Geschrei:

> »Abschaum der Mähren!
> Ich will dich lehren
> Die Ehr verkehren,
> Das Lügen mehren!
> Du alte Schelle,
> Du Schmach der Ställe!
> Ich will dich lehren,
> Die Wahrheit ehren!«

Da übertönte das Streitgeschrei ein mächtiger Chor:

> »Friede sei in dieser Stunde
> Mit der Tiere großem Bunde!
> Laßt ihr nicht das Streiten schweigen,

Werden wir den Meister zeigen!
Friede sei in dieser Stunde
Mit der Tiere großem Bunde!«

Und als das Chor, welches nach einer Krauskopf-
schen Melodie gesungen war, schwieg, sagte mein
Pferd: »Bist du auch da, du hässiges Ketzerli vo Allgäuerli, und kannst das Streiten selbst in dieser
Stunde nicht lassen, willst du dich denn nie bekehren?«
Da sprach das Ketzerli von Allgäuerli mit kräsch-
lender Stimme: »Was bekehren? Das Bekehren ist
an euch. Was tut ihr? Eins ums andere verleumdet
seinen Herrn. Geht und hört, wie eure Herren euch
rühmen, eure Fehler verschweigen und jeder das
beste Roß haben will! Jetzt kömmt noch die alte
Mähre und verleumdet zu seinem Herrn noch den
meinigen, wo doch der humanste Richter ist im ganzen Fürstentum und zu einem jeden Halunk Sorge
trägt, als ob er seinesgleichen wäre. Es dünkt mich,
wir hätten von wichtigern Dingen zu reden als von
solchen Partikularitäten und Persönlichkeiten, und
was gehen uns die Richter an? Sind nicht die Stallknechte von ganz anderer Bedeutung für uns, gleichsam unsere Hauptpersonen? Und es hat mich schon
lange wundergenommen, daß niemand von denen
reden will, und was man gegen die für Maßregeln
vorkehren wolle; es ist je länger je weniger dabeizu-
sein, es hat keine Gattig mehr. Es gibt verflucht brave

Stallknechte, warum nicht, ich könnte nacheinander ein halbes Dutzend aufsagen. Aber viel andere werden alle Tage voller und nie mehr nüchtern, und dann sind sie die wüstesten Hünde gegen uns, stüpfen uns in den Bauch, schlagen uns aufn Kopf und mißhandeln uns mit dem Gebiß im Maul, daß uns Hören und Sehen vergeht, es ist himmelschreiend! Und immer mehr, scheint mir, schlage ihnen der Wein auf das Gehör, und so viele hören nicht mehr wohl. Ich hörte schon manchmal, daß mein Herr ein ganzes Immi befahl und kriegte nur ein halbes, und wenn der Herr das große Ordinäri befahl, gab man mir nur das kleine. Wenn dann das Stubenmädchen den Herrn fragte, was er für das Roß befohlen, so sagte er richtig: ›Das große Ordinäri!‹ und mußte es auch bezahlen. Dann baggelt man allenthalben an Maß und Gewicht. So hat man namentlich in der Schweiz, wo mein Herr oft hinreiset, das Pfund kleiner gemacht und das Immi größer. Wenn nun mein Herr für einen Batzen Brot befehlen tut, so kriege ich richtig drei Bissen weniger, ich habe das schon manchmal gezählt.« – »Aber immer das gleiche Immi?« – »Ds Konträri, es scheint mir, auch das sei kleiner, werden wahrscheinlich verschossen sein, als sie es größer machen wollten, oder sie machen noch immer aus einem Malter achtundvierzig Immi statt nur vierzig. So wird unsere Lage alle Tage schlimmer, und ich möchte zu bedenken geben, was da zu machen sei. Ich habe schon manchmal mit Beißen und Schlagen versucht, die Stallknechte humaner zu machen; aber erstlich sind mir die Ketzere z'gleitig, selbst wenn sie voll sind, es gelang mir selten, einem eins ordentlich abzustrecken, und zweitens mußte ich jeden Versuch zur Selbsthülfe schrecklich büßen. Ich wurde abgeschlagen zuerst und kriegte nichts zu fressen, um mir den Mut zu nehmen, und das nächste Mal, wenn ich wiederkam, wurde ich, sobald der Herr den Rücken kehrte, frisch geprügelt und auf halbe Portion gesetzt. So ist das Schlagen mir verleidet; und doch kann es nicht länger so gehen. Weiß niemand Rat?«

Da sagte das ältere Gummiroß: »Ich habe auch schon lange darüber nachgedacht und wüßte keinen bessern Rat, als wenn man auf irgendeine Weise ein Gesetz bewirken könnte, daß von nun an die Stallknechte zu Stubenmeitlene gemacht werden sollten und die Stubenmeitleni zu Stallknechten. Erst gefallen mir die Stubenmeitleni im ganzen genommen selbst besser als die Stallknechte, zweitens würden sie manierlicher mit einem umgehen, und drittens würden unsere Herren viel häufiger daran denken, daß sie ein Roß im Stall hätten, daß sie nachsehen müßten, ob es seine Sache habe, ja, mancher ließe sich aus lauter Zärtlichkeit für sein Roß seinen Schoppen in den Stall zum ehemaligen Stuben-, gegenwärtigen Stallmeitli bringen. Das ist meine Meinung; wenn jemand eine bessere hat, so sage er sie auch!«

Aber da redete keiner verständlich, freudige Töne widerhallten an den Wänden, es war, als ob sie klatschen wollten in voller Herzensfreude. Endlich artikulierte sich ihre Freude:

> »Ja, ja, ja, so ist es recht:
> In die Stube mit dem Knecht!
> Mit der Stubenmagd im Stall
> 's ist ein nagelneuer Fall.
> Alsdann wirds im Stalle besser:
> Hier die Küfer, Saufer, Fresser,
> Herr und Roß in einer Hut,
> Das tut beiden wohl und gut.
>
> Drum, Brüder, drum faßt frischen Mut!
> Laßt fröhlich springen das alte Blut!
> Ein neu Gesetz bringt in den Stall
> Die Stubenmädchen Knall und Fall
> Und macht uns von der Quälerei
> Der liebeleeren Knechte frei;
> Drum, Brüder, drum faßt frischen Mut!
> So ist es recht, so könnt es gut!«

Die Begeisterung drang immer tiefer in die Töne ein, durch die Töne durch – da schlug es am Kirchturme eins. Und stille wards plötzlich im Stalle, stille ringsum. Ich war wie in einer andern Welt. Ich sah den Mond wieder scheinen, sah, wie der Wirt vorsichtig ums Haus schlich, er wollte mich suchen und hätte mich nicht gern überrascht; und ergriffen, wie ich war, hätte ich gerne ohne ihn mich ins Bett gedrückt. Ich wartete, bis er hinter dem Hause war, aber wie ich zur Vordertüre leise eintrat, kam er zur Hintertüre herein, begrüßte mich mit den üblichen Worten und sagte, es werde mir wohl noch ein Gläschen belieben? Ich dankte, nahm ein Licht und ließ den Wirt stehn, der nun ein Gläschen für mich und eins für sich wird getrunken haben.

Ich aber erlebte eine erbärmliche Nacht. Alles, was ich ehemals geglaubt hatte und jetzt nicht mehr, gramselte mir vor den Augen herum, machte seine Rechte geltend, trieb mir der Hölle heißen Pfahl in die Seele, und ich konnte mich mit nichts wehren als mit einem öden Nichtsglauben, der keine Gründe hatte und vor jedem Gespensterwesen davonfloh und feige sich barg. Und zu der Angst kam die Neugierde, wie die Pferde zu einem solchen Gesetz hätten kommen wollen, und wessen Verwendung sie angesprochen, wem sie die Redaktion übertragen hätten? Dann das Leid über die menschliche Beschränktheit, welche die Ohren, besonders wenn Baumwolle darin ist, nur an einem Orte haben kann. Ich hatte in den Kuhställen brummen hören, grunzen bei den Schweinen, sogar die Hühner schienen leise Gespräche zu führen, aber wegen den Pferden konnte ich die alle nicht hören, und mit Schlag ein Uhr war alles aus. Es plagte mich die Verlegenheit, ob ich etwas von dem Gehörten erzählen solle oder alles für mich behalten und den Ungläubigen fortspielen. Wo so viel einen Menschen plagt, da kann man denken, wie elend es dem Menschen wird.

Es waren Nadeln im Bette, ich mußte aufstehen. Ich schrieb das Erlebte nieder und alle meine Peinigungen. Ich will es fest verwahren; bei meinen Lebzeiten wird es kaum ein Mensch erblicken, und ob meine Enkel es erblicken werden, hängt von der Weise ab, in der ich sterbe. Aber leben möchte ich noch ein Jahr, um zu vernehmen, wie und was Kühe und Hühner sprechen. Ein Mann wie ich muß alles wissen, und eines jeden Geschöpfes Stimmung sollte er kennen.

## Die Glocken an Weihnachten

»Die Mutter«, sagte Konrad, »wird nicht böse sein, wir werden ihr von dem vielen Schnee erzählen, der uns aufgehalten hat, und sie wird nichts sagen. Wenn uns kalt wird, weißt du – dann mußt du mit den Händen an deinen Leib schlagen, wie die Holzhauer getan haben, und da wird dir wärmer werden.«

»Ja, Konrad«, sagte das Mädchen, und war nicht gar so untröstlich, daß sie heute nicht mehr über den Berg hinabgingen und nach Hause liefen, wie er etwa glauben mochte, denn die unermeßliche Anstrengung, von der die Kinder nicht einmal gewußt hatten, daß sie sie gemacht, ließ ihnen das Sitzen süß, unsäglich süß erscheinen, und sie gaben sich hin.

Wirklich nahm nun Konrad aus seinem Ränzchen die zwei Stücke weißes Brot, die ihnen die Großmutter mitgegeben hatte, wenn etwa ein Hunger über sie kommen sollte und auf die sie bisher in ihrem Eifer nicht gedacht hatten, heraus, und gab sie beide an Sanna. In der Tat aß das Kind mit Begierde von dem Brote, es aß das eine Stück und einen Teil von dem zweiten, dann reichte es den Rest an Konrad, da es sah, daß er nicht aß. Er nahm es und während er noch im Verzehren begriffen war, lösete er auch den

Bündel, den ihm die Großmutter gegeben hatte, von seinem Halse, auf den er ihn sich gebunden hatte, um bei dem Steigen und Klettern leichter fortzukommen. Es waren nebst andern Dingen Äpfel und Milchbrote in dem Bündel, und die Kinder aßen von den Sachen, so viel sie vermochten. Dann nahm Konrad das Tuch, aus dem der Bündel gemacht worden war, und band es sich zu größerer Wärme noch um die Schultern. Die Schachteln und anderen Dinge, die darinnen gewesen waren, legte er derweilen sauber an einen Stein, um sie morgen beim Fortgehen wieder einzubinden und mitzunehmen.

Da saßen nun die Kinder und schauten vor sich hin. Überall, so weit sie in der Dämmerung noch zu schauen vermochten, lag flimmernder Schnee hinab, dessen einzelne winzige Täfelchen hie und da in der Finsternis seltsam zu funkeln begannen, als hätte er unter Tags das Licht eingesogen und gäbe es jetzt langsam von sich.

Der Knabe hatte gemeint, sehr bald von dem Berge hinabkommen zu können, und wie unendlich weit mußten sie von jeder menschlichen Wohnung entfernt sein; in mehren Tälern und darin in jedem Dorfe wurden jetzt in dieser Zeit die Aveglöcklein geläutet, sie hörten nicht ein einziges herauf – in jedem Hause wurde nicht nur ein Licht angezündet, daß seine Fenster hell wurden, sondern unzählige Kerzlein brannten heute abends, daß ganze Reihen von Fenstern schimmerten, sie sahen nicht ein einziges herauf – kein Zeichen, auch nicht das unmerklichste, kam von dem lebenden Teile der Erde zu ihnen herauf. So wie die Augen der Erwachsenen hatte um so mehr die kindlichen Augen der Kleinen der Berg mit seiner vorgespiegelten Nähe getäuscht, wenn sie so in dem obenberührten Garten des Wagners, ihres Nachbars, saßen, und auf das Weiß des Berges schauten, wie man von demselben herabgehen könnte, um die blauen Hügel herum, dann in den Wald herab, dann auf das Feld des Ascherbauers und dann nach Hause. Wie ganz anders mußte es sein, als sie damals gerechnet hatten.

Die Nacht brach mit der in großen Höhen gewohnten Schnelligkeit herein. Bald war es überall um sie herum ganz finster, nur daß der Schnee mit seinem unheimlichen geisterhaften Lichte fortfuhr zu leuchten. Der Schneefall mußte ganz aufgehört haben; denn ein einzelnes Sternlein sah man an dem Himmel funkeln, und um die weißen Hügel und Kämme entwickelte sich eine Klarheit, wie sie kaum bei Tage gewesen ist. Es rührte sich noch immer kein Lüftlein, die Stille dauerte, wie sie den ganzen Tag gedauert hatte, und in der Steinhöhle war es ordentlich wärmer, als es an jedem andern Platze am ganzen Tag gewesen ist. Die Kinder saßen recht enge aneinander gedrückt und ruhten – sie ruhten so süß, daß sie fast die Finsternis vergaßen zu fürchten.

Die Sternlein wurden immer mehr und mehr, sie funkelten immer glänzender, bis zuletzt gar kein einziges Wölklein mehr am Himmel war. Der Schnee war ringsum hinter die Berge hinabgesunken, und ein ganz dunkelblaues, fast schwarzes Gewölbe spannte sich um die Kinder voll von dichten brennenden Sternen, und mitten durch war ein schimmerndes, breites milchiges Band gewoben. Sie wußten nicht, daß die Sterne sich bewegen und weiter rücken, sonst hätten sie an ihnen das Vorschreiten der Nacht erkennen können, aber es kamen neue und gingen die alten, sie aber glaubten, es seien immer dieselben. Auch lichter wurde es um sie im Scheine dieser Sterne, aber sie sahen kein Tal, auch keine Gegend, sondern es war überall weiß, und nur ein dunkles Horn, ein dunkles Haupt, ein dunkler Arm ragte aus dem Schimmer empor. Der Mond war nirgends am ganzen Himmel zu erblicken, er mußte gleich mit der Sonne hinuntergegangen sein.

»Sanna, du mußt nicht schlafen«, sagte nach einer langen Zeit der Knabe, »denn weißt du, wie der Vater gesagt hat, wenn man im Gebirge schläft, muß man erfrieren, wie der alte graugekleidete Jäger auch geschlafen hat, und dann vier Monate tot auf dem Steine gesessen ist.«

»Nein, ich werde nicht schlafen, Konrad«, sagte das Mädchen, welches er mit obigen Worten und mit einem kleinen Schütteln an den Ärmlein aus dem

Schlummer aufgeweckt hatte. Er war nun wieder stille. Aber aus dem sanften Drücken gegen seine Seite herüber merkte er bald, daß sie neuerdings entschlummert, und gegen ihn gesunken sei.

»Sanna, schlafe nicht, ich bitte dich, schlafe nicht«, sagte er.

»Nein«, lallte sie schlaftrunken, und schlummerte fort.

Er rückte nun ein wenig weiter von ihr, um sie zu bewegen. Sie sank nach und hätte zusammengebeugt fortgeschlafen, aber er nahm sie an der Schulter, und rüttelte an ihr.

Hiebei, weil er sich selbst stark rührte, bemerkte er, daß ihn eigentlich friere, und daß sein Arm sich schwer umbiege. Früher hatte er das nicht empfunden, sondern es war eine recht wohltätige Ruhe durch alle seine Glieder geflossen, und im Grunde war er selber schon auf dem Punkte gewesen, einzuschlafen, als er sich aufschreckte, da ihm das von dem Jäger eingefallen war, was der Vater erzählt hatte. Er ermannte sich in Folge des Schreckens und weckte die schlafende Schwester auf. Jetzt aber, da sie ihm wieder schlief, schüttelte er sie stärker und sagte: »Sanna, stehe ein wenig auf, wir wollen eine Zeit stehen, daß es besser wird.«

»Mich friert nicht, Konrad«, antwortete sie, »in der Pelzjacke ist es ja sehr warm.«

»Deine Fingerlein sind aber ganz steif«, sagte er.

55

Hierbei war er selber aufgestanden, um sie nach sich zu ziehen, und da fühlte er, daß ihn sehr friere. Plötzlich fiel ihm etwas ein und er sagte: »Die Großmutter hat gesagt, ein Schlückchen davon erwärmt den Magen so, daß den ganzen Körper nicht frieren kann, – die Mutter gibt dirs schon, Sanna, ich werde ihr alles sagen – da nimm nun einen Trunk, ich werde auch trinken, denn mich friert sehr.«

Mit diesen Worten hatte er eilig aus dem Ränzchen, das er neben sich hingelegt hatte, die Flasche mit dem starken schwarzen Kaffeeabsude, den ihm die Großmutter aus kindischer Besorglichkeit und Freigebigkeit des Alters für die Mutter mitgegeben hatte, herausgenommen, den mit Papier umwickelten Kork herausgezogen und die Öffnung des Halses zu Sannas Munde hingehalten.

Das Mädchen aber, dessen ganze Natur einzig nur mit Riesenwillen zur Ruhe zog, sagte: »Mich friert nicht.«

»Du mußt aber nehmen«, sagte der Knabe, »nimm, dann darfst du schlafen.«

Auf diese Aussicht hin bewältigte sich Sanna so weit, daß sie das fast eingegossene Getränk hinabschluckte. Er trank auch ein Bischen davon. Der ungemein starke Auszug wirkte sogleich, und dies um so heftiger, da die Kinder in ihrem Leben keinen Kaffee gekostet hatten. Statt zu schlafen, wurde Sanna nun lebhafter, und empfand, daß sie friere, empfand aber auch bald, daß sich Wärme durch ihre Glieder goß. Sie fingen sogar beide zu reden an.

Und so tranken sie trotz der Bitterkeit, die beiden abscheulich war, immer wieder von dem Getränke, sobald die Wirkung nachzulassen begann, und steigerten ihre unschuldigen und empfindlichen Nerven so, daß es wie ein Fieber war, welches allein im Stande war, den unablässigen niederziehenden Bleigewichten das Gegengewicht zu halten. Demungeachtet würden sie ganz gewiß der Natur unterlegen sein; denn Alles können Kinder eher entbehren, als die Süßigkeit des Schlafes, und Allem können sie eher Widerstand leisten, als der Allmacht des Schlafes, wenn ihnen nicht von Seite der Seele Hilfe gekommen wäre, die sie rettete.

Es war heute die heilige Nacht, in welcher Tausenden und Tausenden von Kindern Freude bereitet wird, nur sie allein saßen oben an dem Rande des Eises. Weil sie noch so jung waren, und jeden heiligen Abend im höchsten Drange der Freude erst spät entschlummerten, wenn sie ihre körperliche Natur überwältigte, so hatten sie nie das mitternächtliche Läuten der Glocken, nie die Orgel der Kirche gehört, obwohl sie nahe dabei wohnten. Heute wurde mit allen Glocken in der Kirche zu Millsdorf geläutet, alle Glocken läuteten in Gschaid, hinter dem Berge war noch ein Dörflein mit drei hellen, klingenden Glocken, ringsum lagen Länder mit unzähligen Kir-

chen und Glocken – in allen wurde zu derselben mitternächtlichen Zeit geläutet, von Dorf zu Dorf ging
die Tonwoge, durch alle blätterlosen Zweige der
Obstgärten ging sie, die Gesellin der Menschen – nur
hier oben wurde kein Laut derselben vernommen,
nicht das entfernteste Summen, denn hier war nichts
zu verkündigen – – – war es darum ganz lautlos,
war es ganz tot in den Höhen, hörten sie nichts?
Was das Starreste scheint, und was das ewig Reg-
samste und Lebendste ist, das Eis des Gletschers
krachte hinter ihnen in der majestätischen Einöde
der Nacht – – dreimal hörten sie es, als ob es durch
die entferntesten Adern liefe, und tief die Festen des
Berges sprengte – – dann war es still und immerfort
still – – nur etwas Anderes begann sich zu ent-
wickeln, was so gerne in diesen Höhen seine Feier
hält; wie sie so saßen, erblühte am Himmel vor ihnen
ein bleiches Licht mitten unter den Sternen, einen
schwarzen Bogen durch dieselben spannend – es
hatte einen grünen Schimmer, der sich sachte nach
unten zog, aber immer blühender, immer heller
wurde das Licht des Bogens, bis sich die Sterne von
ihm zurückzogen und erblaßten, und eine schim-
mergrüne Milch des Lichtes sachte und lebendig
nach andern Gegenden des Firmamentes floß – dann
standen Garben verschiedenen Lichtes auf der Höhe
des Bogens, wie Zacken einer Krone, und brannten – – es floß schimmerig durch die benachbarte

Gegend, es sprühte leise und ging im sanften Zucken durch lange Räume, als hätte sich durch den unerhörten Schneefall die Elektrizität des ganzen Himmels gespannt, und flösse aus in diesen stummen glorreichen Strömen des Lichtes. Dann wurde es immer schwächer und schwächer, bis es erlosch und wieder nur die Tausend und Tausend einfachen Sterne am Himmel standen und glänzten.

Wunderbar war es, daß keines der Kinder zu dem andern etwas sagte, sondern daß sie fort und fort saßen, und mit den offenen Augen den Himmel anschauten.

Endlich, da nichts mehr sich regte, als manchmal eine schießende Schnuppe, da die ganze Nacht kein Laut sich mehr hören ließ, kam wieder ein anderes Licht, aber kein Bogen, sondern ein langer Streifen im Aufgange, der den Schnee zu ihren Füßen hellte, der langsam klarer und klarer wurde, bis nach langer Zeit ein dünner Wolkenfaden, der in ihm schwamm, sich entzündete, und aller Schnee um sie wie Millionen Rosen blühte und die Steine und Kogel lange grüne Schatten über die Rosen zogen.

»Sanna, jetzt ist es licht«, sagte der Knabe, »und wir werden hinunterlaufen.«

Sie richteten ihre Sachen, namentlich der Knabe seinen Bündel, und brachen auf. Aber sie mochten gehen, wie sie wollten, der Berg wurde nicht anders; ihre starren, todmüden Glieder wurden geschmeidiger und stärker, aber Schneefeld entwickelte sich aus Schneefeld, hohe Felsen sahen sie jetzt auch an den Seitenwänden des Eises stehen, die sie gestern in der Trübe des Schneiens nicht gesehen hatten. Eine riesige, dunkelrote Scheibe tauchte auf und machte Myriaden Funken – aber wie sie hinabkämen, sahen sie nicht, Schnee war und lauter Schnee – abschüssige Hänge, wo sie gestürzt wären, oder Wege, die sie wieder hinaufführten.

Endlich sah Konrad Etwas, wie ein auf dem Schnee hüpfendes Feuer, es tauchte auf, es tauchte nieder; er zeigte es Sanna, sie sahen hin – sahen es, sahen es nicht, sahen es wieder – es schien, als nähere es sich – ein langer anhaltender Ton, wie aus einem Hirtenhorn, wurde in demselben Augenblicke hörbar – – wie aus Instinkt riefen beide Kinder laut – zugleich erkannten sie das Feuer: es war dieselbe rote Fahne, die vor einem Jahre ein fremder Mann, der mit dem Eschenjäger die Spitze des Berges erstiegen hatte, zum Zeichen der Ankunft oben aufgepflanzt und nachher den Gschaidern geschenkt hatte – – sie wurde jetzt nicht mehr geschwenkt, wie früher, sondern hoch emporgehalten, als stecke sie im Schnee. Die Kinder gingen darauf zu, der Ton wiederholte sich von Zeit zu Zeit, sie antworteten durch einen Ruf – die Rufe kamen sich näher – die Fahne näherte sich auch – – und in Kurzem sahen sie mehrere Männer über einen Schneehang mit ihren Stöcken zu ihnen herabfahren. Es war der Hirte Lipp mit seinen zwei Söhnen, er hatte das Horn – von der andern Seite kam der Eschenjäger mit der Fahne, alle seine Leute waren mit ihm, sieben Männer umringten die Kinder.

»Gebenedeit sei Gott«, schrie Lipp, »da seid ihr! Der ganze Berg ist voll Leute. Lauft gleich Einer zu der Sideralpe hinab und läutet die Glocke, damit sie hören, daß wir sie gefunden haben. Steckt die Fahne aus, daß sie dieselbe in dem Tale sehen und die Pöller abschießen, damit es die wissen, die im Millsdorfer Walde suchen; ferner, damit auch die Rauchfeuer angezündet werden, auf den Berg herauf grüßen und Alle zur Alpe hinab bedeuten. Das sind Weihnachten!«

# Weihnacht

Soweit Aufzeichnungen und Erinnerungen zurück-
reichen, haben Menschen und Völker ihre heiligen
Feste gehabt, an denen sie ihre Seelen in nähere
Beziehung zu den Wesen setzten, die sie über sich
glaubten, als Herren ihres Schicksals, mit großer, oft
unbegrenzter Macht ausgerüstet, mit Gaben verse-
hen, die unbegreiflich sind, und den Willen hegend,
auf die Menschen mannigfach einzuwirken, sie
mochten nun diese Wesen Götter oder Selige oder
Himmlische oder wie immer heißen. Und ein Schein
und ein Schimmer war gewiß zu allen Zeiten für
sinnige Gemüter durch Herz und Natur bei diesen
Festen ausgegossen, wenn auch nicht alle, ja vielleicht die wenigsten Ursprung, Zweck, Bedeutung
und Inhalt der Feste erkannten und wenn sie vielmehr ihre eigenen frommen oder dichterischen oder
einbildungsvollen Gedanken mit dem Feste verban-
den. Und als das Licht des reineren Glaubens in die
Welt gekommen war, haben die Feste nicht aufgehört; sie sind heiliger geworden, und ein Schein und
ein Schimmer ist durch Herz und Natur bei ihnen
ausgegossen, wenn die Menschen sich mit ihren
Ahnungen in das Wesen des Festes versenken und

wenn sie kleine Verzierungen und kleine Zutaten je nach den Wallungen und Pulsschlägen ihres Lebens beifügen.

Und ganze Abschnitte des Jahres bezeichnen solche Feste, und wie Lichtsäulen stehen sie auf den Zinnen der Zeit.

Das Christentum hat mehrere seelenerhebende Feste.

Und ist Pfingsten das »liebliche« Fest und ist Ostern das erhabene, so ist Weihnacht das herzinnige. Es ist das Fest des Kindes, des ewigen, des heiligsten, des allmächtigen, des liebreichsten Kindes, des Königes der Kinder.

In einer Nacht ist dieses Kind auf einer ärmlichen Stelle geboren worden und hat die Gestalt des Menschen angenommen, und diese Nacht wird jetzt von einer ganzen Welt gefeiert und heißt die Weihnacht, die Nacht der Weihe, die von nun ab über die Völker ausgebreitet worden ist.

Und wie in jener Zeit, ehe das Kind geboren worden ist, die Welt auf den Erlöser harrte, der die finstern Übel, die da brüteten, hinwegnehmen sollte, und wie uns gesagt wird, daß die Menschen gerufen haben: »Himmel, tauet ihn herab«, was in der römischen Sprache *rorate* hieß, so bereitet sich die Kirche durch ein monatlanges Fest, das Ankunftsfest, Advent, zu dem Geburtsfeste des Kindes vor, und der Priester der katholischen Kirche hält Meßopfer, die

Rorate heißen und die bis zu dem ersehnten Tage dauern.

Und in welche Zeit des Jahres fällt das Fest! Wenn zu Pfingsten alles grünt und duftet, wenn zu Ostern Feld und Garten und Wald sich zu dem holden Lenze rüstet, so ist die Weihnacht zu der Zeit des kürzesten Tages und der längsten Nacht. Und dennoch, wie ahnungsreich und herzerfüllend ist die Zeit. Wenn der tiefe, weiße, makellose Schnee die Gefilde weithin bedecket und an heitern Tagen die Sonne ihn mit Glanz überhüllet, daß er allwärts funkelt, wenn die Bäume des Gartens die weißen Zweige zu dem blauen Himmel strecken und wenn die Bäume des Waldes, die edlen Tannen, ihre Fächer mit Schnee belastet tragen, als hätte das Christkindlein schon lauter Christbäume gesetzt, die in Zucker und Edelsteinen flimmern, so schlägt das Gemüt der Feier entgegen, die da kommen soll. Und selbst wenn düstre, dicke Nebel die Gegend decken oder in schneeloser Zeit die Winde aus warmen Ländern bleigraue Wolken herbeijagen, die Regen und Stürme bringen, und wenn die Sonne tief unten, als wäre sie von uns weg zu glücklicheren Ländern gegangen, nur zuweilen matt durch den Schleier hervorblickt, so würden fromme Kinder den Glanz durch den Nebel oder durch die bleigrauen Wolken ziehen sehen, wie das Christkindlein durch sie hinschwebt, wenn sie nur eben zu der Zeit hinaussähen, da das Christkindlein vorüberschwebt; denn das Christkindlein rüstet sich auch schon lange Zeit zu seinem Geburtsfeste, um den Kindern zu rechter Zeit ihre Gaben zu bescheren. Unsere Großmutter hat uns Kindern oft davon gesagt. Sie hatte viele Sprüche, die unser Gemüt erfüllten und mit einer Art Gewalt überschütteten. »Sehet, Kinder«, sagte sie einmal, »so groß ist die Seligkeit im Himmel, daß, wenn von dem himmlischen Garten nur ein Laubblättlein auf die Erde herabfiele, die ganze Welt vor Süßigkeit vergehen müßte.« Und ein anderes Mal sagte sie zu mir: »Knäblein, so lange ist die Ewigkeit, daß, wenn die Weltkugel von lauter Stahl und Eisen wäre und alle tausend Jahre ein Mücklein käme und einmal ein Füßlein auf der Kugel wetzte, die Zeit, in welcher das Mücklein die ganze Kugel zu nichts zerwetzt hätte, ein Augenblick gegen die Ewigkeit wäre.« Sie sagte, der Loritzbauer aus dem vordem Glöckelberge habe einmal den Glanz des Christkindleins gesehen, da er noch ein Knabe war. Gegen die Mitternachtseite des Himmels erhob sich in der Andreasnacht ein Schein, und es war dann ein Bogen wie eine Brücke über dem Himmel, daß das Knäblein darüber ziehe, und die Brücke wurde mit Schimmerbüschlein geziert, und als das Kindlein vorüber war, erloschen die Schimmerbüschlein, und es erblaßte die Brücke, und es war nur noch ein Schein in den Gegenden, durch welche das Kind gezogen war. Und der Richter in dem hinteren Glöckelberge hat als kleiner Knabe einmal das Christkind auf einem kleinen funkelnden Wägen am Abende schnell durch den Himmel fahren gesehen. Und manche Kinder haben schon den Schein und Glanz erblickt, und wir könnten ihn auch vielleicht noch sehen, wenn wir gut und fromm sind und oft auf den Himmel schauen. Ich habe aber den Glanz nie erblickt. Da ich zwanzig Jahre alt war und an den Schimmer des in den Adventnächten durch den Himmel ziehenden Christkindes nicht mehr glaubte und eine Zeit in einem schweren Fieber lag, das mir wälzende Ballen, sich unsäglich weit aufwickelnde Kugeln und klirrende und schmetternde Töne brachte, sah ich auch zum öfteren Male den Schein des Christkindleins, es fuhr in wundervoll buntem glänzenden Gefieder durch den Himmel; ich sah seine Gestalt, ich sah sein Angesicht, und es lächelte mich ungemein liebevoll an, und ich war jedesmal sehr beseligt davon. Und mancher Greis wird, wenn die Welt fahl und öde geworden ist und wenn das Himmelsgewölbe ausgeleert ist und nur die fernen Sterne und die nahen Dünste enthält, noch in der Erinnerung den bunten Glanz sehen und eine matte Freude haben, daß er so selig gewesen ist, da er ein Kind war. Und mancher Greis, der in Kraft und Schönheit seines Alters die Freuden der Natur, der Kunst, der Wissenschaft, der Freundschaft, der Ehe, der Familie, des Vaterlandes um sich hat, wird als Kleinod auch noch den Wunderglauben seiner Kindheit dazu legen.

Und wenn die Zeit des Adventes immer weiter vorrückt, wenn die eine Nacht völlig der andern schon die Hand reicht und der dazwischenliegende Tag nur eine hellere Nacht erscheint und die geliebte Sonne, wenn sie ja gesehen wird, gar so weit unten ist und mit ihrer Kraft nicht heraufzureichen vermag, oder wenn die Schneeflocken die Luft erfüllen oder wenn die Dünste und Nebel in ihr stecken: so kommt doch endlich, wenn dies alles zum weitesten gediehen ist, der Tag, an welchem die Kinder in der Stadt die unzähligen Bäumchen sehen, als wäre ein junger grüner Wald in die Gassen und auf die Plätze gewandert, welche Bäumchen, wie ihnen die Eltern sagen, in die Häuser getragen und dort in einem verschwiegenen Zimmer aufgestellt werden, damit das Christkindlein heimlich seine Gaben darauf befestige. Und den Kindern auf dem Lande wird gesagt: »Morgen, übermorgen, wenn die Nacht erscheint, stellen wir ein Tannenbäumchen in die Stube, in die Kammer, in das Prunkgemach, und das Christkindlein wird es mit Geschenken behängen«, oder es wird gesagt: »Wir breiten ein Tuch auf den Tisch, auf den Kasten, auf den Stuhl, und es wird dann auf dem Tuche liegen, was das Christkindlein zu der Heiligen Nacht gebracht hat.«

Und endlich kömmt diese Heilige Nacht. So kurz

die Tage sind, so hat doch an diesem Tage die Nacht gar nicht kommen wollen, und immer und immer dauerte der Tag. Das Christkind aber gibt die Gaben nur in der Nacht seiner Geburt. Und sie ist jetzt gar wirklich gekommen, diese Nacht. Die Lichter brennen schon in dem schönen Zimmer der Stadtleute, auf der Leuchte in der Stube der armen Waldhütte brennt der Kien, oder es brennt ein Span in seiner eisernen Zange auf einem hölzernen Gestelle. In dem Zimmer mit den Lichtern oder in der Stube mit dem brennenden Kien oder dem brennenden Spane harren die Kinder. Da kömmt die Mutter und sagt: »Das Christkindlein ist schon dagewesen.«

Und nun öffnen sich die Flügeltüren, und die Kinder und alle, welche gekommen sind, die Freude zu teilen, gehen in das verschwiegene Zimmer. Dort steht der Baum, der sonst nichts als grün gewesen ist. Jetzt sind unzählige flimmernde Lichter auf ihm, und bunte Bänder und Gold und unbekannte Kostbarkeiten hängen von ihm nieder. Und der Gaben ist eine Fülle auf ihm, daß man sich kaum fassen kann. Die Kinder sehen ihre liebsten Wünsche erfüllt, und selbst die Erwachsenen und selbst der Vater und die Mutter haben von dem Christkinde Geschenke erhalten, weil sie Freunde der Kinder sind und die Kinder lieben. Die Bangigkeit der Erwartung geht jetzt in Jubel auf, und man kann nicht enden, sich zu zeigen, was gespendet worden ist. Man zeigt es sich immer wieder und immer wieder und freut sich, bis der Erregung die Ermattung folgt und der Schlummer die kleinen Augenlider schließt.

Und auch die Tür aus der Stube der Waldhütte öffnet sich in die Kammer hinaus, und die Kinder gehen durch die Tür, und auf einem Baume mit mehreren Lichtlein hängen wunderbare goldene Nüsse und goldene Pflaumen und Äpfel und Birnen und Backwerk und anderes Liebes, vielleicht ein hölzerner, schön bemalter Kuckuck oder ein Trompetchen oder zwei rote unvergleichliche Schuhe. Und wenn kein Baum in der Kammer ist, so liegen diese Dinge auf einem weißen reinen Tuche, und eine Talgkerze brennt dabei. Und die Dinge werden in die Stube hinausgetragen und die Talgkerze auch, und sie bleibt in der Heiligen Nacht brennen, bis die Kinder schlafen gehen. Und vor Freude und vor Entzücken gehen sie recht lange nicht schlafen und kosten auch noch von den gespendeten Dingen. Aber endlich bringt sie der Schlummer doch unter ihre Decke, und manche Gabe geht mit in das Bett.

Selbst den Kindern in Hütten, wo nur eine Stube und gar keine verschwiegene Kammer ist, bringt das Christkind Gaben. Sie dürfen nur in das Vorhaus, in den Stallgang oder wo immer hin auf einen Stein, darauf man sonst Garn klopft, oder auf einen Stock oder auf einen Stuhl ein Tuch breiten und ein leeres Schüsselchen stellen, und wenn sie nach einer Zeit wieder nachsehen, ist das Schüsselchen gefüllt mit Goldnüssen, Pflaumen, Birnen, Äpfeln, Honigkuchen und erwünschlichen Sachen.

Und zu solchen Kindern, damit sie wissen, daß das Schüsselchen gefüllt ist, sendet öfter das Christkindlein eines seiner goldenen Rößlein, mit denen es durch den Himmel fährt, und läßt die geschehene Begabung verkündigen. Und das Rößlein läutet vor der Tür der Stube mit seiner Glocke und tut ungebärdig, schlägt an die Tür, und wenn die Kinder hinauseilen, ist das Rößlein fort, und das gefüllte Schüsselchen steht da. Wir haben oft in längst vergangenen Christnächten im Walde an der jungen Moldau das goldene Rößlein läuten und toben gehört.

Und wenn die Millionen Kinder, welche in dieser Nacht beteilt worden waren, schon in ihren Bettchen schlummern und ihr Glück sich noch in manchem Traume nachspiegelt und wenn von dem hohen Turme des Domes in der großen Stadt die Schläge der zwölften Stunde der Nacht herabgetönt haben, so erschallt das Geläute der Glocken auf dem hohen Turme des Domes, es erschallt das Geläute der Glocken auf allen Kirchentürmen der Stadt, und das Geläute ruft die Menschen in die Kirchen zu dem mitternächtlichen Gottesdienste. Und von allen Seiten wandeln die Menschen in die heiligen Räume. Und in dem hohen gotischen Dome strahlt alles von einem Lichtermeere, und so groß das Lichtermeer ist, welches weit und breit in den unteren Räumen des Domes ausgegossen wird, so reicht es doch nicht in die Wölbung empor, in welche die schlanken Säulen oben auseinandergehn, und in jenen Höhen wohnt erhabene Finsternis, welche den Dom noch erhabener macht. Der hohe Priester des Domes und die Priesterschaft des Domes feiern den Gottesdienst. Und so heilig ist das Fest, daß an ihm, und nur an ihm allein, jeder katholische Priester dreimal das Meßopfer vollbringen darf. Und wenn schon die Baukunst in den zarten Riesengliedern des Domes dem Gottesdienste als Dienerin beigegeben ist, wenn die tiefe Pracht der kirchlichen Gewänder dem Feste Glanz gibt, so tönet nun auch die Musik in ihren vollen Wellen und in kirchlichem Ernste, von dem Chore tadellos dargestellt, hernieder. Und wenn die heilige Handlung vorüber ist, zerstreuen sich Priester und Laien, die Lichter werden ausgelöscht, und der Dom ragt finster zu dem Monde, wenn er am Himmel scheint, oder zu den Sternen oder gegen die dunkeln, schattenden Wolken.

Und wie in dem Dome, so wird in allen Kirchen der großen Stadt mit den Mitteln der Kirche das heilige Mitternachtfest gefeiert, soweit die Mittel und der Eifer und die Andacht reichen. Und in jeder Kirche ist die gläubige Menge und feiert das Fest und sucht nach demselben seine Wohnung und seinen Nachmitternachtsschlummer.

Aber auch, wie um Mitternacht in der Weihnacht die Glocken der großen Stadt zum Gottesdienste rufen, so rufen in derselben Stunde alle Kirchenglocken der kleineren Stadt, der kleinsten Stadt, des Marktfleckens, des Dorfes, es rufen die Glocken aller Kirchen zu dem heiligen Feste, in welchen Kirchen das Fest gefeiert wird. Und es sind Millionen Tempel, in denen man das Geburtfest des Kindes begeht. Und wie die Mitternacht von Osten gegen den Westen herüberrückt, so rückt das Geläute von Osten gegen den Westen, bis es an das Meer kömmt. Dort macht es eine Pause und beginnt nach einigen Stunden jenseits des Ozeans.

Gehen wir von der Pracht der Hauptstadt in das Walddorf. Die Kirche steht auf einem Hügel, rings liegen Häuser und Hütten herum, und an allen Höhen und an allen weitgestreckten Machtgliedern des Waldes sind in verschiedenen Entfernungen Häuser und Häuschen und Hütten. Lange schon vor Mitternacht der Weihnacht steht die Kirche erleuchtet, und ihre Fenster schimmern weit in die Nacht hinaus. Und von den Waldhöhen und aus den Tälern von allen Seiten her bewegen sich Lichter gegen die Kirche. Menschen wandeln mit Laternen durch die in jenen Gegenden zur Zeit meistens schon schneeige Winternacht. Und wer ein Pferdchen und einen Schlitten hat, kömmt mit den Seinigen wohl auch gefahren, wenn die Bahn nicht verweht ist. Sie sammeln sich in der Kirche. Einige erquicken sich vorher auch ein wenig in der Schenke. Endlich läßt die Uhr des Turmes die zwölf Schläge ertönen. Und darauf erklingen die Turmglocken in den hellen Tönen einer kleinen Kirche, nicht in der langsamen, ruhigen Tiefe der großen Glocken der Hauptstadt. Auf den Glockenruf gehen nun eilig jene Kirchengänger, welche nahe an dem Gotteshause wohnen und bis auf das letzte Zeichen gewartet haben, und es gehen die, welche vorher das Gasthaus besucht haben, in die Kirche. Dort nimmt mancher seinen Sitz ein, der für ihn auf ein und alle Male bestimmt ist, die andern ordnen sich nach Gelegenheit. Der Schullehrer, welcher auch Kirchendiener ist, zündet noch jene Kerzen an, welche bis auf den letzten Augenblick hatten warten müssen. Dann geht er in die Sakristei. Auf dem Chore hallen einzelne Töne der Orgel, der Geige, der Klarinette, wie man sich zusammen zu stimmen sucht; denn die Nacht, die Kälte, die Feuchtigkeit hat auf Saiten und Luftsäulen einen Einfluß. Der Pfarrer verläßt sein warmes Stüblein und geht durch den Schnee in die Sakristei. Dort wird er von dem Schullehrer mit den kirchlichen Gewändern bekleidet, und es wird sonst alles geordnet, was noch zu ordnen ist. Dann eilt der Schullehrer fort. Der Pfarrer wartet noch, bis der Schullehrer auf dem Chore ist, wo er jetzt in seiner andern Würde als *Regens chori* zu wirken hat. Der Pfarrer wartet, daß er bei seinem Hinaustritte in die Kirche von der richtigen und gesetzmäßigen Musik empfangen werden kann. Endlich tönt das Sakristeiglöcklein, die Ministranten schreiten voran, der Pfarrer geht in die Kirche, und die Musik fällt ein. Es wirken zu ihr so manche zusammen. Der Schullehrer zieht sich zu ihr aus Schülern oder halb erwachsenen Kindern Sänger, und für die Geigen und für die Klarinetten und für die Waldhorne und für die Trompeten und für die Pauken und für den tiefen Gesang finden sich immer Freiwillige in der Gemeinde, die der heiligen Töne walten. Und so eingewurzelt ist die Gewohnheit, daß dieselbe Musikbeschäftigung oft von Vater auf Sohn und Enkel und Urenkel forterbt. So war in einem Orte des böhmischen Waldes seit Menschengedenken die Baßgeige bei einem Hause, so daß es bei diesem Hause noch heutzutage beim Baß-Lorenz heißt. Die Orgel aber bleibt regelmäßig der Thronsitz des Lehrers. Der Pfarrer feiert in seiner Kirche die heilige Handlung, die Andächtigen sitzen in den Stühlen und lesen bei den vielen Lichtlein ihrer Wachsstöcke in ihren Gebetbüchern, und die auf dem Chore haben ihre Freude, wenn sie einen Gesang der Engel ausdrücken können zur Verkündigung der Geburt des Kindes und wenn sie eine Hirtenweise spielen, um die Hirten auf dem Felde anzudeuten. Der Klingelbeutel sammelt zu Bestreitung der Kirchenbedürfnisse, und das ärmste Weiblein greift um einen Pfennig in ihren Sack. Die Kirchenväter und die Pröpste der Gemeinde tun vor dem Altare ihre Schuldigkeit, und so endet alles mit Andacht und Erhebung, oft mit Rührung. Der Pfarrer legt in der Sakristei seinen Schmuck ab, die Kirchengeräte werden geborgen, und er wird in den Pfarrhof geleitet. Die Menschen verlassen die Kirche, und die Musiker sagen im Auseinandergehen: »Heute war es nicht übel, es hätte in einer Stadt nicht besser sein können.« Die Lichter der Kirche erlöschen allgemach, die Lichter der Laternen bewegen sich gegen die Waldhöhen, gegen die Waldtäler in allen Richtungen von der Kirche weg, die Schlitten fahren davon, und die Menschen kommen wieder zu ihren schlafenden Kindern heim und zu denen, die in ihrer Abwesenheit Haus und Hof behüten mußten. Und die Kirche auf dem Hügel steht dann finster in der übrigen Nacht, und Häuser und Hütten sind finster, nur daß selten irgendwo noch ein Lichtlein flimmert.

Am nächsten Tage haben die Menschen ihre festlichsten Gewänder an, es ist der Weihnachttag. Der Taggottesdienst wird noch gehalten, und in der ärmsten Hütte wird auf den Mittagtisch gestellt, was die Kräfte vermögen. Und wie an diesem Tage das Heil in die Welt gekommen ist, so wird von ihm an auch wie zur Versinnbildlichung der Winter wenngleich kälter, doch klarer, die Tage wachsen, und alles zielt auf ein fröhlicheres Auswärts.

Und wie im Walde ist es in der großen Stadt. Die Menschen sind am Weihnachtstage im Schweresten Putze und feiern den Tag noch in der Kirche und an ihrem Tische und wenden sich zu bessern Wintertagen und zu einem freudigen, dereinst kommenden Lenze.

Derer erwähne ich nicht, die vor dem Mitternachtgottesdienste das Gasthaus besetzen, und oft auch während desselben, und die vor und nach ihm bei dem Lichte des Waldwirtshauses sitzen; denn das ist keine Vor- und Nachfeier. Wo aber in der Waldnacht das Lichtlein eines Kranken flimmert, wird gewiß er und werden die Seinigen zu dem Kindlein beten.

THEODOR STORM

## Marthe und ihre Uhr

Während der letzten Jahre meines Schulbesuchs wohnte ich in einem kleinen Bürgerhause der Stadt, worin aber von Vater, Mutter und vielen Geschwistern nur eine alternde unverheiratete Tochter zurückgeblieben war. Die Eltern und zwei Brüder waren gestorben, die Schwestern bis auf die jüngste, welche einen Arzt am selbigen Ort geheiratet hatte, ihren Männern in entfernte Gegenden gefolgt. So blieb denn Marthe allein in ihrem elterlichen Hause, worin sie sich durch das Vermieten des früheren Familienzimmers und mit Hülfe einer kleinen Rente spärlich durchs Leben brachte. Doch kümmerte es sie wenig, daß sie nur sonntags ihren Mittagstisch decken konnte; denn ihre Ansprüche an das äußere Leben waren fast keine; eine Folge der strengen und sparsamen Erziehung, welche der Vater sowohl aus Grundsatz als auch in Rücksicht seiner beschränkten bürgerlichen Verhältnisse allein seinen Kindern gegeben hatte. Wenn aber Marthen in ihrer Jugend nur die gewöhnliche Schulbildung zuteil geworden war, so hatte das Nachdenken ihrer späteren einsamen Stunden, vereinigt mit einem behenden Verstande und dem sittlichen Ernst ihres Charakters, sie doch

77

zu der Zeit, in welcher ich sie kennenlernte, auf eine für Frauen, namentlich des Bürgerstandes, ungewöhnlich hohe Bildungsstufe gehoben. Freilich sprach sie nicht immer grammatisch richtig, obgleich sie viel und mit Aufmerksamkeit las, am liebsten geschichtlichen oder poetischen Inhalts; aber sie wußte sich dafür meistens über das Gelesene ein richtiges Urteil zu bilden und, was so wenigen gelingt, selbständig das Gute vom Schlechten zu unterscheiden. Mörikes »Maler Nolten«, welcher damals erschien, machte großen Eindruck auf sie, so daß sie ihn immer wieder las; erst das Ganze, dann diese oder jene Partie, wie sie ihr eben zusagte. Die Gestalten des Dichters wurden für sie selbstbestimmende lebende Wesen, deren Handlungen nicht mehr an die Notwendigkeit des dichterischen Organismus gebunden waren; und sie konnte stundenlang darüber nachsinnen, auf welche Weise das hereinbrechende Verhängnis von so vielen geliebten Menschen dennoch hätte abgewandt werden können.

Die Langeweile drückte Marthen in ihrer Einsamkeit nicht, wohl aber zuweilen ein Gefühl der Zwecklosigkeit ihres Lebens nach außen hin; sie bedurfte jemandes, für den sie hätte arbeiten und sorgen können. Bei dem Mangel näher Befreundeter kam dieser löbliche Trieb ihren jeweiligen Mietern zugute, und auch ich habe manche Freundlichkeit und Aufmerksamkeit von ihrer Hand erfahren. – An Blumen hatte sie eine große Freude, und es schien mir ein Zeichen ihres anspruchslosen und resignierten Sinnes, daß sie unter ihnen die weißen und von diesen wieder die einfachen am liebsten hatte. Es war immer ihr erster Festtag im Jahr, wenn ihr die Kinder der Schwester aus deren Garten die ersten Schneeglöckchen und Märzblumen brachten; dann wurde ein kleines Porzellankörbchen aus dem Schrank herabgenommen, und die Blumen zierten unter ihrer sorgsamen Pflege wochenlang die kleine Kammer.

Da Marthe seit dem Tode ihrer Eltern wenig Menschen um sich sah und namentlich die langen Winterabende fast immer allein zubrachte, so lieh die regsame und gestaltende Phantasie, welche ihr ganz besonders eigen war, den Dingen um sie her eine Art von Leben und Bewußtsein. Sie borgte Teilchen ihrer Seele aus an die alten Möbel ihrer Kammer, und die alten Möbel erhielten so die Fähigkeit, sich mit ihr zu unterhalten; meistens freilich war diese Unterhaltung eine stumme, aber sie war dafür desto inniger und ohne Mißverständnisse. Ihr Spinnrad, ihr braungeschnitzter Lehnstuhl waren gar sonderbare Dinge, die oft die eigentümlichsten Grillen hatten, vorzüglich war dies aber der Fall mit einer altmodischen Stutzuhr, welche ihr verstorbener Vater vor über funfzig Jahren, auch damals schon als ein uraltes Stück, auf dem Trödelmarkt zu Amsterdam gekauft hatte. Das Ding sah freilich seltsam genug aus: zwei Meerweiber, aus Blech geschnitten und dann übermalt, lehnten zu jeder Seite ihr langhaariges Antlitz an das vergilbte Zifferblatt; die schuppigen Fischleiber, welche von einstiger Vergoldung zeugten, umschlossen dasselbe nach unten zu; die Weiser schienen dem Schwanze eines Skorpions nachgebildet zu sein. Vermutlich war das Räderwerk durch langen Gebrauch verschlissen; denn der Perpendikelschlag war hart und ungleich, und die Gewichte schossen zuweilen mehrere Zoll mit einem Mal hinunter. –

Diese Uhr war die beredteste Gesellschaft ihrer Besitzerin; sie mischte sich aber auch in alle ihre Gedanken. Wenn Marthe in ein Hinbrüten über ihre Einsamkeit verfallen wollte, dann ging der Perpendikel tick, tack! tick, tack! immer härter, immer eindringlicher; er ließ ihr keine Ruh, er schlug immer mitten in ihre Gedanken hinein. Endlich mußte sie aufsehen; – da schien die Sonne so warm in die Fensterscheiben, die Nelken auf dem Fensterbrett dufteten so süß; draußen schossen die Schwalben singend durch den Himmel. Sie mußte wieder fröhlich sein, die Welt um sie her war gar zu freundlich.

Die Uhr hatte aber auch wirklich ihren eigenen Kopf; sie war alt geworden und kehrte sich nicht mehr so gar viel an die neue Zeit; daher schlug sie oft sechs, wenn sie zwölf schlagen sollte, und ein andermal, um es wiedergutzumachen, wollte sie nicht aufhören zu schlagen, bis Marthe das Schlaglot von der Kette nahm. Das wunderlichste war, daß sie zuweilen gar nicht dazu kommen konnte; dann schnurrte und schnurrte es zwischen den Rädern, aber der Hammer wollte nicht ausholen; und das geschah meistens mitten in der Nacht. Marthe wurde jedesmal wach; und mochte es im klingendsten Winter und in der dunkelsten Nacht sein, sie stand auf und ruhte nicht, bis sie die alte Uhr aus ihren Nöten erlöst hatte. Dann ging sie wieder zu Bette und dachte sich allerlei, warum die Uhr sie wohl geweckt habe, und fragte sich, ob sie in ihrem Tagewerk auch etwas vergessen, ob sie es auch mit guten Gedanken beschlossen habe.

Nun war es Weihnachten. Den Christabend, da ein übermäßiger Schneefall mir den Weg zur Heimat versperrte, hatte ich in einer befreundeten kinderreichen Familie zugebracht; der Tannenbaum hatte gebrannt, die Kinder waren jubelnd in die lang verschlossene Weihnachtsstube gestürzt; nachher hatten wir die unerläßlichen Karpfen gegessen und Bischof dazu getrunken; nichts von der herkömmlichen Feierlichkeit war versäumt worden. – Am andern Morgen trat ich zu Marthe in die Kammer, um ihr den gebräuchlichen Glückwunsch zum Feste abzustatten, sie saß mit untergestütztem Arm am Tische; ihre Arbeit schien längst geruht zu haben.

»Und wie haben Sie denn gestern Ihren Weihnachtsabend zugebracht?« fragte ich.

Sie sah zu Boden und antwortete: »Zuhause.«

»Zuhause? Und nicht bei Ihren Schwesterkindern?«

»Ach«, sagte sie, »seit meine Mutter gestern vor zehn Jahren hier in diesem Bette starb, bin ich am Weihnachtsabend nicht ausgegangen. Meine Schwester schickte gestern wohl zu mir, und als es dunkel wurde, dachte ich wohl daran, einmal hinzugehen; aber – die alte Uhr war auch wieder so drollig; es war akkurat, als wenn sie immer sagte: Tu es nicht, tu es nicht! Was willst du da? Deine Weihnachtsfeier gehört ja nicht dahin!«

Und so blieb sie denn zuhaus in dem kleinen Zimmer, wo sie als Kind gespielt, wo sie später ihren Eltern die Augen zugedrückt hatte und wo die alte Uhr pickte ganz wie dazumalen. Aber jetzt, nachdem sie ihren Willen bekommen und Marthe das schon hervorgezogene Festkleid wieder in den Schrank verschlossen hatte, pickte sie so leise, ganz leise und immer leiser, zuletzt unhörbar. Marthe durfte sich ungestört der Erinnerung aller Weihnachtsabende ihres Lebens überlassen: Ihr Vater saß wieder in dem braungeschnitzten Lehnstuhl; er trug das feine Sammetkäppchen und den schwarzen Sonntagsrock; auch blickten seine ernsten Augen heute so freundlich; denn es war Weihnachtsabend. Weihnachtsabend vor – ach, vor sehr, sehr vielen Jahren! Ein Weihnachtsbaum zwar brannte nicht auf dem Tisch – das war ja nur für reiche Leute –; aber statt dessen zwei hohe dicke Lichter; und davon wurde das kleine Zimmer so hell, daß die Kinder ordentlich die Hand vor die Augen halten mußten, als sie aus der dunkeln Vordiele hineintreten durften. Dann gingen sie an den Tisch, aber nach der Weise des Hauses ohne Hast und laute Freudenäußerung, und betrachteten, was ihnen das Christkind einbeschert hatte. Das waren nun freilich keine teuern Spielsachen, auch nicht einmal wohlfeile, sondern lauter nützliche und notwendige Dinge, ein Kleid, ein Paar Schuhe, eine Rechentafel, ein Gesangbuch und dergleichen mehr; aber die Kinder waren gleichwohl glücklich mit ihrer Rechentafel und ihrem neuen Gesangbuch, und sie gingen eins ums andere, dem Vater die Hand zu küssen, der währenddessen zufrieden lächelnd in seinem Lehnstuhl geblieben war. Die Mutter mit ihrem milden freundlichen Gesicht unter dem eng anliegenden Scheiteltuch band ihnen die neue Schürze vor und malte ihnen Zahlen und Buchstaben zum Nachschreiben auf die neue Tafel. Doch sie hatte nicht gar lange Zeit, sie mußte in die Küche und Apfelkuchen backen; denn das war für die Kinder eine Hauptbescherung am Weihnachtsabend; die mußten notwendig gebacken werden. Da schlug der Vater das neue Gesangbuch auf und stimmte mit seiner klaren Stimme an: »Frohlocket, lobsinget Gott«; die Kinder aber, die alle Melodien kannten, stimmten ein: »Der Heiland ist gekommen«; und so sangen sie den Gesang zu Ende, indem sie alle um des Vaters Lehnstuhl herumstanden. Nur in den Pausen hörte man in der Küche das Hantieren der Mutter und das Prasseln der Apfelkuchen. – –

Tick, tack! ging es wieder; tick, tack! immer härter und eindringlicher, Marthe fuhr empor; da war es fast dunkel um sie her, draußen auf dem Schnee nur lag trüber Mondschein. Außer dem Pendelschlag der Uhr war es totenstill im Hause. Keine Kinder sangen in der kleinen Stube, kein Feuer prasselte in der Küche. Sie war ja ganz allein zurückgeblieben; die andern waren alle, alle fort. – Aber was wollte die alte Uhr denn wieder? – Ja, da warnte es auf elf – und ein anderer Weihnachtsabend tauchte in Marthes Erinnerung auf, ach! ein ganz anderer; viele, viele Jahre später! Der Vater und die Brüder waren tot, die Schwestern verheiratet; die Mutter, welche nun mit Marthen allein geblieben war, hatte schon längst des Vaters Platz im braunen Lehnstuhl eingenommen und ihrer Tochter die kleinen Wirtschaftssorgen übertragen; denn sie kränkelte seit des Vaters Tode, ihr mildes Antlitz wurde immer blässer, und ihre freundlichen Augen blickten immer matter; endlich mußte sie auch den Tag über im Bette bleiben. Das war schon über drei Wochen, und nun war es Weihnachtsabend. Marthe saß an ihrem Bett und horchte auf den Atem der Schlummernden; es war totenstill in der Kammer, nur die Uhr pickte. Da warnte es auf elf, die Mutter schlug die Augen auf und verlangte zu trinken. »Marthe«, sagte sie, »wenn es erst Frühling wird und ich wieder zu Kräften gekommen bin, dann wollen wir deine Schwester Hanne besuchen; ich habe ihre Kinder eben im Traume gesehen – du hast hier gar zuwenig Vergnügen.« – Die Mutter hatte ganz vergessen, daß Schwester Hannes Kinder im Spätherbst gestorben waren, Marthe erinnerte sie auch nicht daran, sie nickte schweigend mit dem Kopf und faßte ihre abgefallenen Hände. Die Uhr schlug elf. –

Auch jetzt schlug sie elf – aber leise, wie aus weiter, weiter Ferne. –

Da hörte Marthe einen tiefen Atemzug; sie dachte, die Mutter wolle wieder schlafen. So blieb sie sitzen, lautlos, regungslos, die Hand der Mutter noch immer in der ihren; am Ende verfiel sie in einen schlummerähnlichen Zustand. Es mochte so eine Stunde vergangen sein; da schlug die Uhr zwölf! – Das Licht war ausgebrannt, der Mond schien hell ins Fenster; aus den Kissen sah das bleiche Gesicht der Mutter. Marthe hielt eine kalte Hand in der ihrigen. Sie ließ diese kalte Hand nicht los, sie saß die ganze Nacht bei der toten Mutter. –

So saß sie jetzt bei ihren Erinnerungen in derselben Kammer, und die alte Uhr pickte bald laut, bald leise; sie wußte von allem, sie hatte alles miterlebt, sie erinnerte Marthe an alles, an ihre Leiden, an ihre kleinen Freuden. –

Ob es noch so gesellig in Marthens einsamer Kammer ist? Ich weiß es nicht; es sind viele Jahre her, seit ich in ihrem Hause wohnte, und jene kleine Stadt liegt weit von meiner Heimat. – Was Menschen, die das Leben lieben, nicht auszusprechen wagen, pflegte sie laut und ohne Scheu zu äußern: »Ich bin niemals krank gewesen; ich werde gewiß sehr alt werden.«

Ist ihr Glaube ein richtiger gewesen und sollten diese Blätter den Weg in ihre Kammer finden, so möge sie sich beim Lesen auch meiner erinnern. Die alte Uhr wird helfen; sie weiß ja von allem Bescheid.

THEODOR STORM

## Unter dem Tannenbaum

*Eine Dämmerstunde*

Es war das Arbeitszimmer eines Beamten. Der Eigentümer, ein Mann in den Vierzigern, mit scharf ausgeprägten Gesichtszügen, aber milden lichtblauen Augen unter dem schlichten hellblonden Haar, saß an einem mit Büchern und Papieren bedeckten Schreibtisch; damit beschäftigt, einzelne Schriftstücke zu unterzeichnen, welche der danebenstehende alte Amtsbote ihm überreichte. Die Nachmittagssonne des Dezembers beleuchtete eben mit ihrem letzten Strahl das große schwarze Tintenfaß, in das er dann und wann die Feder tauchte. Endlich war alles unterschrieben.

»Haben Herr Amtsrichter sonst noch etwas?« fragte der Bote, indem er die Papiere zusammenlegte.

»Nein, ich danke Ihnen.«

»So habe ich die Ehre, vergnügte Weihnachten zu wünschen.«

»Auch Ihnen, lieber Erdmann.«

Der Bote sprach einen der mitteldeutschen Dialekte; in dem Tone des Amtsrichters war etwas von der Härte jenes nördlichsten deutschen Volksstammes, der vor wenigen Jahren, und diesmal vergeblich, in einem seiner alten Kämpfe mit dem fremden Nachbarvolke geblutet hatte. – Als sein Untergebener sich entfernte, nahm er unter den Papieren einen angefangenen Brief hervor und schrieb langsam daran weiter.

Die Schatten im Zimmer fielen immer tiefer. Er sah nicht die schlanke Frauengestalt, die hinter ihm mit leisen Schritten durch die Tür getreten war; er bemerkte es erst, als sie den Arm um seine Schulter legte. – Auch ihr Antlitz war nicht mehr jung; aber in ihren Augen war noch jener Ausdruck von Mädchenhaftigkeit, den man bei Frauen, die sich geliebt wissen, auch noch nach der ersten Jugend findet. »Schreibst du an meinen Bruder?« fragte sie, und in ihrer Stimme, nur etwas mehr gemildert, war dieselbe Klangfarbe wie in der ihres Mannes.

Er nickte. »Lies nur selbst!« sagte er, indem er die Feder fortlegte und zu ihr emporsah.

Sie beugte sich über ihn herab; denn es war schon dämmerig geworden. So las sie, langsam wie er geschrieben hatte: »Ich bin wieder gesund und arbeitsfähig, – glücklicherweise; denn das ist die Not der Fremde, daß man den Boden, worauf man steht, sich in jeder Stunde neu erschaffen muß. So schlecht es immer sein mag, darin habt Ihr es doch gut daheim; und wer wäre nicht gern geblieben, wenn er nur ein

Stück Brot und jenes unentbehrliche ›sanfte Ruhe-
kissen‹ des alten Sprichworts sich hätte erhalten können.«

Sie legte schweigend die Hand auf seine Stirn,
während er, der ihren Augen gefolgt war, das Blatt
umwandte. Dann las sie weiter:

»Der guten und klugen Frau, die du vorige Weihnachten bei uns hast kennen lernen, bin ich so glücklich gewesen, durch die Vermittlung eines Vergleichs
mit ihrem Gutsnachbarn einen wirklichen Dienst zu
leisten; der schöne, so sehr von ihr begehrte Wald ist
seit kurzem endlich in ihren Besitz gelangt. Hätten
wir morgen für deinen Freund Harro nur eine Tanne
aus diesem Walde! Denn hier ist viele Meilen in die
Runde kein Nadelholz zu finden. Was aber ist ein
Weihnachtsabend ohne jenen Baum mit seinem
Duft voll Wunder und Geheimnis!«

»Aber du«, sagte der Amtsrichter, als seine Frau
gelesen hatte, »du bringst in deinen Kleidern den
Duft des echten Weihnachtsabends!«

Sie langte lächelnd in den Schlitz ihres Kleides
und legte ein großes Stück braunen Weihnachtskuchen vor ihm auf den Tisch. »Sie sind eben vom
Bäcker gekommen«, sagte sie, »prob nur; deine Mutter backt sie dir nicht besser!«

Er brach einen Brocken ab und prüfte ihn genau;
aber er fand alles, was ihn als Knaben daran entzückt
hatte; die Masse war glashart, die eingerollten Stück-

chen Zucker wohl zergangen und kandiert. »Was für gute Geister aus diesem Kuchen steigen«, sagte er, sich in seinen Arbeitsstuhl zurücklehnend; »ich sehe plötzlich, wie es daheim in dem alten, steinernen Hause Weihnacht wird. – Die Messingtürklinken sind womöglich noch blanker als sonst; die große gläserne Flurlampe leuchtet heute noch heller auf die Stuckschnörkel an den sauber geweißten Wänden; ein Kinderstrom um den andern, singend und bettelnd, drängt durch die Haustür; vom Keller herauf aus der geräumigen Küche zieht der Duft des Gebäkkes in ihre Nasen, das dort in dem großen kupfernen Kessel über dem Feuer prasselt. – Ich sehe alles; ich sehe Vater und Mutter – Gott sei gedankt, sie leben beide! – Aber die Zeit, in die ich hinabblicke, liegt in so tiefer Ferne der Vergangenheit! – Ich bin ein Knabe noch! – Die Zimmer zu beiden Seiten des Flurs sind erleuchtet; rechts ist die Weihnachtsstube. Während ich vor der Tür stehe, horchend, wie es drinnen in dem Knittergold und in den Tannenzweigen rauscht, kommt von der Hoftreppe herauf der Kutscher, eine Stange mit einem Wachslichtendchen in der Hand. – ›Schon anzünden, Thomas?‹ Er schüttelt schmunzelnd den Kopf und verschwindet in die Weihnachtsstube. – Aber wo bleibt denn Onkel Erich? – Da kommt es draußen die Treppe hinauf; die Haustür wird aufgerissen. Nein, es ist nur sein Lehrling, der die lange Pfeife des ›Herrn Ratsverwandters‹ bringt; ihm nach quillt ein neuer Strom von Kindern; zehn kleine Kehlen auf einmal stimmen an: ›Vom Himmel hoch, da komm ich her!‹ Und schon ist meine Großmutter mitten zwischen ihnen, die alte, geschäftige Frau, den Speisekammerschlüssel am kleinen Finger, einen Teller voll Gebäckes in der Hand. Wie blitzschnell das verschwindet! Auch ich erwische meinen Teil davon, und eben kommt auch meine Schwester mit dem Kindermädchen, festlich gekleidet, die langen Zöpfe frisch geflochten. Ich aber halte mich nicht auf; ich springe drei Stufen auf einmal die Treppe nach dem Hofe hinab.«

Es war allmählich dunkel geworden; die Frau des Amtsrichters hatte leise einen Aktenstoß von einem Stuhl entfernt und sich an die Seite ihres Mannes gesetzt.

»Drüben in dem Seitengebäude ist das Arbeitszimmer meines Vaters. Auf die Vordiele dort fällt heute kein Lichtschein aus dem Türfenster der Schreiberstube; der alte Tausendkünstler ist von meiner Mutter drinnen bei den Weihnachtsgeheimnissen angestellt. Aber ich tappe mich im Dunkeln vorwärts; denn gegenüber in seinem Zimmer höre ich die Schritte meines Vaters. Er arbeitet schon nicht mehr. Ich öffne leise die Tür; wie deutlich sehe ich ihn vor mir, ihn selbst und das große, verräucherte Gemach, in dem der harte Schlag der alten Wanduhr pickt! Mit einer feierlichen Unruhe geht er zwischen den mit Papieren bedeckten Tischen umher, in der einen Hand den Messingleuchter mit der brennenden Kerze, die andere vorgestreckt, als solle jetzt alles Störende ferngehalten werden. Er öffnet die Schublade seines kleinen Stehpults und nimmt die große goldene Tabatiere aus der Fischhautkapsel, einst ein Geschenk der Urgroßmutter an ihren Bräutigam, dann nach des Urgroßvaters Tode eine Ehren- und Vertrauensgabe an ihn. Aber er ist noch nicht fertig; aus dem Geldkörbchen werden blanke Silbermünzen für die Dienstboten hervorgesucht, eine Goldmünze für den Schreiber. ›Ist Onkel Erich schon da?‹ fragte er, ohne sich nach mir umzusehen. – ›Noch nicht, Vater! Darf ich ihn holen?‹ – ›Das könntest du ja tun.‹ Und fort renne ich durch das Wohnhaus auf die Straße, um die Ecke am Hafen entlang, und während ich drunten aus der Dämmerung das Pfeifen des Windes in den Tauen der Schiffe höre, habe ich das alte Giebelhaus mit dem Vorbau erreicht. Die Tür wird aufgerissen, daß die Klingel weithin durch Flur und Pesel schallt. – Vor dem Ladentisch steht der alte Kommis, der das Detailgeschäft leitet. Er sieht mich etwas grämlich an. ›Der Herr ist in seinem Kontor‹, sagt er trocken; er liebt die wilde, naseweise Range nicht. Aber, was geht's mich an. – Fort mach' ich hinten zur Hoftür hinaus, über zwei kleine finstere Höfe, dann in ein uraltes seltsames Nebengebäude, in welchem sich das Allerheiligste des

Onkels befindet. Ohne Unfall komme ich durch den engen dunklen Gang und klopfe an eine Tür. – ›Herein!‹ Da sitzt der kleine Herr in dem feinen braunen Tuchrock an seinem mächtigen Arbeitspult; der Schein der Kontorlampe fällt auf seine freundlichen kleinen Augen und auf die mächtige Familiennase, die über den frisch gestärkten Vatermördern hinausragt. – ›Onkel, ob du nicht kommen wolltest?‹ sage ich, nachdem ich Atem geschöpft habe. – ›Wollen wir uns noch einen Augenblick setzen!‹ erwidert er, indem seine Feder summierend über das Folium des aufgeschlagenen Hauptbuches hinabgleitet. – Mir wird ganz behaglich zu Sinne, ich werde nicht ein bißchen ungeduldig; aber ich setze mich auch nicht; ich bleibe stehen und besehe mir die Englands- und Westindienfahrer des Onkels, deren Bilder an der Wand hängen. Es dauert auch nicht lange, so wird das Hauptbuch herzhaft zugeklappt, das Schlüsselbund rasselt und: ›Sieh so‹, sagt der Onkel, ›fertig wären wir!‹ Während er sein spanisches Rohr aus der Ecke langt, will ich schon wieder aus der Tür; aber er hält mich zurück. ›Ah, wart' doch mal ein wenig! Wir hätten hier wohl noch so etwas mitzunehmen.‹ Und aus einer dunkeln Ecke des Zimmers holt er zwei wohlversiegelte, geheimnisvolle Päckchen. – Ich wußte es wohl, in solchen Päckchen steckte ein Stück leibhaftigen Weihnachtens; denn der Onkel hatte einen Bruder in Hamburg, und er trat nicht mit leeren Händen an den Tannenbaum. So nie gesehenes, märchenhaftes Zuckerzeug, wie er mitten in der Bescherung noch mir und meiner Schwester auf unsere Weihnachtsteller zu legen pflegte, ist mir später niemals wieder vorgekommen.

Bald darauf steige ich an der Hand des Onkels die breite Steintreppe zu unserm Hause hinauf. Ein paar Augenblicke verschwindet er mit seinen Päckchen in die Weihnachtsstube; es ist noch nicht angezündet, aber durch die halb geöffnete und rasch wieder geschlossene Tür glitzert es mir entgegen aus der noch drinnen herrschenden ahnungsvollen Dämmerung. Ich schließe die Augen, denn ich will nichts sehen, und trete in das gegenüberliegende, festlich erleuchtete Zimmer, das ganz von dem Duft der braunen Kuchen und des heute besonders fein gemischten Tees erfüllt ist. Die Hände auf dem Rücken mit langsamen Schritten geht mein Vater auf und nieder. ›Nun, seid ihr da?‹ fragt er stehen bleibend. – Und schon ist auch Onkel Erich bei uns; mir scheint, die Stube wird noch einmal so hell, da er eintritt. Er grüßt die Großmutter, den Vater; er nimmt meiner Schwester die Tasse ab, die sie ihm auf dem gelb lackierten Brettchen präsentiert. ›Was meinst du‹, sagt er, indem er seinen Augen einen bedenklichen Ausdruck zu geben sucht, ›es wird wohl heute nicht viel für uns abfallen!‹ Aber er lacht dabei so tröstlich, daß diese Worte wie eine goldene Verheißung klingen. Dann, während in dem blanken Messingkomfort der Teekessel saust, beginnt er eine seiner kleinen Erzählungen von den Begebenheiten der letzten Tage, seit man sich nicht gesehen. War es nun der Ankauf eines neuen Spazierstocks oder das unglückliche Zerbrechen einer Mundtasse; es floß alles so sanft dahin, daß man ganz davon erquickt wurde. Und wenn er gar eine Pause machte, um das bisher Erzählte im behaglichsten Gelächter nachzugenießen, wer hätte da nicht mitgelacht! Mein Vater nimmt vergeblich seine kritische Prise; er muß endlich doch mit einstimmen. Dies harmlose Geplauder – es ist mir das erst später klar geworden – war die Art, wie der tätige Geschäftsmann von der Tagesarbeit ausruhte. Es klingt mir noch lieb in der Erinnerung, und mir ist, als verstünde das jetzt niemand mehr. – Aber während der Onkel so erzählt, steckt meine Mutter, die seit Mittag unsichtbar gewesen ist, den Kopf ins Zimmer. Der Onkel macht ein Kompliment und bricht seine Geschichte ab; die Tür und die gegenüberliegende Tür werden weit geöffnet. Wir treten zögernd ein; und vor uns, zurückgestrahlt von dem großen Wandspiegel, steht der brennende Baum mit seinen Flittergoldfähnchen, seinen weißen Netzen und goldenen Eiern, die wie Kinderträume in den dunkeln Zweigen hängen.«

»Paul«, sagte die Frau, »und wenn wir ihn noch so weit herbeischaffen sollten, wir müssen wieder einen

Tannenbaum haben. Der arme Junge hat sich selbst einen Weihnachtsgarten gebaut; er ist nur eben wieder fort, um Moos aus dem Eichenwäldchen zu holen.«

Der Amtsrichter schwieg einen Augenblick. – »Es tut nicht gut, in die Fremde zu gehen«, sagte er dann, »wenn man daheim schon am eigenen Herd gesessen hat. – Mir ist noch immer, als sei ich hier nur zu Gaste, und morgen oder übermorgen sei die Zeit herum, daß wir alle wieder nach Hause müßten!«

Sie faßte die Hand ihres Mannes und hielt sie fest in der ihrigen, aber sie antwortete nichts darauf.

»Gedenkst du noch an einen Weihnachten?« hub er wieder an. »Ich hatte die Studentenjahre hinter mir und lebte nun noch einmal, zum letzten Mal, eine kurze Zeit als Kind im elterlichen Hause. Freilich war es dort nicht mehr so heiter, wie es einst gewesen; es war Unvergeßliches geschehen, die alte Familiengruft unter der großen Linde war ein paarmal offen gewesen; meine Mutter, die unermüdlich tätige Frau, ließ oft mitten in der Arbeit die Hände sinken und stand regungslos, als habe sie sich selbst vergessen. Wie unsere alte Margreth' sagte, sie trug ein Kämmerchen in ihrem Kopf, drin spielte ein totes Kind. – Nur Onkel Erich, freilich ein wenig grauer als sonst, erzählte noch seine kleinen freundlichen Geschichten, und auch die Schwester und die Großmutter lebten noch. Damals war jener Weihnachtsabend;

ein junges schönes Mädchen war zu der Schwester auf Besuch gekommen. Weißt du, wie sie hieß?«

»Ellen«, sagte sie leise und lehnte den Kopf an die Brust ihres Mannes.

Der Mond war aufgegangen und beleuchtete ein paar Silberfäden in dem braunen seidigen Haar, das sie schlicht gescheitelt trug, schmucklos in einer Flechte um den Schildpattkamm gelegt.

Er strich mit der Hand über dies noch immer selten schöne Haar. »Ellen hatte auch beschert bekommen«, sprach er weiter; »auf dem kleinen Mahagonitische lagen Geschenke von meiner Mutter und was von ihren Eltern von drüben aus dem Schwesterlande herübergeschickt war. Sie stand mit dem Rükken gegen den brennenden Baum, die Hand auf die Tischplatte gestützt; sie stand schon lange so; ich sehe sie noch« – und er ließ seine Augen eine Weile schweigend auf dem schönen Antlitz seiner Frau ruhen; – »da war meine Mutter unbemerkt zu ihr getreten; sie faßte sanft ihre Hand und sah ihr fragend in die Augen. – Ellen blickte nicht um, sie neigte nur den Kopf; plötzlich aber richtete sie sich rasch auf und entfloh ins Nebenzimmer. Weißt du es noch? Während meine Mutter leise den Kopf schüttelte, ging ich ihr nach; denn seit einem kleinen Zank am letzten Abend waren wir vertraute Freunde. Ellen hatte sich in der Ofenecke auf einen Stuhl gesetzt; es war fast dunkel dort; nur eine vergessene Kerze mit langer Schnuppe brannte in dem Zimmer. ›Hast du Heimweh, Ellen?‹ fragte ich. – ›Ich weiß es nicht!‹ – Eine Weile stand ich schweigend vor ihr. ›Was hast du denn da in der Hand?‹ – ›Willst du es haben?‹ – Es war eine Börse von dunkelroter Seide. ›Wenn du sie für mich gemacht hast‹, sagte ich; denn ich hatte die Arbeit in den Tagen zuvor in ihren Händen gesehen und wohl bemerkt, wie Ellen sie, sobald ich näher kam, in ihrem Nähkästchen verschwinden ließ. – Aber Ellen antwortete nicht und gab mir auch nicht ihr Angebinde. Sie stand auf und putzte das Licht, daß es plötzlich ganz hell im Zimmer wurde. ›Komm‹, sagte sie, ›der Baum brennt ab, und Onkel Erich will noch Zuckerzeug bescheren!‹ Damit wehte sie sich mit ihrem Schnupftuch ein paarmal um die Augen und ging in die Weihnachtsstube zurück, und als wir dann später am Pochbrett saßen, war sie die Ausgelassenste von allen. Von meinem Weihnachtsgeschenk war weiter nicht die Rede. – Aber weißt du, Frau?« – und er ließ ihre Hand los, die er bis dahin festgehalten – »die Mädchen sollten nicht so eigensinnig sein; das hat mir damals keine Ruh gelassen; ich mußte doch die Börse haben, und darüber –«

»Darüber, Paul? – Sprich nur dreist heraus!«

»Nun, hast du denn von der Geschichte nichts gehört? Darüber bekam ich nun auch noch das Mädchen in den Kauf.«

»Freilich«, sagte sie, und er sah bei dem hellen

Mondschein in ihren Augen etwas blitzen, das ihn an das übermütige Mädchen erinnerte, das sie einst gewesen, »freilich weiß ich von der Geschichte, und ich kann sie dir auch erzählen; aber es war ein Jahr später, nicht am Weihnachts-, sondern am Neujahrsabend, und auch nicht hüben, sondern drüben.«

Sie räumte das Tintenfaß und einige Papiere beiseite und setzte sich ihrem Mann gegenüber auf den Schreibtisch.

»Der Vetter war bei Ellens Eltern zum Besuch, bei dem alten prächtigen Kirchspielvogt, der damals noch ein starker Nimrod war. – Ellen hatte noch niemals einen so schönen und langen Brief bekommen als den, worin der Vetter sich bei ihnen angemeldet; aber so gut wie mit der Feder wußte er mit der Flinte nicht umzugehen. Und dennoch, tat es die Landluft oder der schöne Gewehrschrank im Zimmer des Kirchspielvogts, es war nicht anders, er mußte alle Tage auf die Jagd. Und wenn er dann abends durchnäßt mit leerer Tasche nach Hause kam und die Flinte schweigend in die Ecke setzte – wie behaglich ergingen sich da die Sticheleeden des alten Herrn. – ›Das heißt Malheur, Vetter; aber die Hasen sind heuer alle wild geraten!‹ – Oder: ›Mein Herzensjunge, was soll die Diana einmal von dir denken!‹ Am meisten aber – du hörst doch, Paul?«

»Ich höre, Frau.«

»Am meisten plagte ihn die Ellen; sie setzte ihm heimlich einen Strohkranz auf, sie band ihm einen Gänseflügel vor den Flintenlauf; eines Vormittags – weißt du, es war Schnee gefallen – hatte sie einen Hasen, den der Knecht geschossen, aus der Speisekammer geholt, und eine Weile darauf saß er noch einmal auf seinem alten Futterplatz im Garten, als wenn er lebte, ein Kohlblatt zwischen den Vorderläufen. Dann hatte sie den Vetter gesucht und an die Hoftür gezogen. ›Siehst du ihn, Paul? Da hinten im Kohl; die Löffel gucken aus dem Schnee‹ – Er sah ihn auch; seine Hand zitterte. ›Still, Ellen! Sprich nicht so laut! Ich will die Flinte holen!‹ Aber als kaum die Tür nach des Vaters Stube hinter ihm zuklappte, war Ellen schon wieder in den Schnee hinausgelaufen, und als er endlich mit der geladenen Flinte heranschlich, hing auch der Hase schon wieder an seinem sicheren Haken in der Speisekammer. – Aber der Vetter ließ sich geduldig von ihr plagen.«

»Freilich«, sagte der Amtsrichter und legte seine Arme behaglich auf die Lehne seines Sessels, »er hatte ja die Börse noch immer nicht!«

»Drum auch! Die lag noch unangerührt droben in der Kommode, in Ellens Giebelstübchen. Aber – wo die Ellen war, da war der Vetter auch; heißt das, wenn er nicht auf der Jagd war. Saß sie drinnen an ihrem Nähtisch, so hatte er gewiß irgendein Buch aus der Polterkammer geholt und las ihr daraus vor;

war sie in der Küche und backte Waffeln, so stand er neben ihr, die Uhr in der Hand, damit das Eisen zur rechten Zeit gewendet würde. – So kam die Neujahrsnacht. Am Nachmittage hatten beide auf dem Hofe mit des Vaters Pistolen nach goldenen Eiern geschossen, die Ellen vom Weihnachtsbaum ihrer Geschwister abgeschnitten; und der Vetter hatte unter dem Händeklatschen der Kleinen zweimal das goldene Ei getroffen. Aber war's nun, weil er am andern Tage reisen mußte, oder war's, weil Ellen fortlief, als er sie vorhin allein in ihrem Zimmer aufgesucht hatte – es war gar nicht mehr der geduldige Vetter – er tat kurz und unwirsch und sah kaum nach ihr hin. – Das blieb den ganzen Abend so; auch als man später sich zu Tische setzte. Ellens Mutter warf wohl einmal einen fragenden Blick auf die beiden, aber sie sagte nichts darüber. Der Kirchspielvogt hatte auf andere Dinge zu achten, er schenkte den Punsch, den er eigenhändig gebraut hatte; und als es drunten im Dorfe zwölf schlug, stimmte er das alte Neujahrslied von Johann Heinrich Voß an, das nun getreulich durch alle Verse abgesungen wurde. Dann rief man ›Prost Neujahr!‹ und schüttelte sich die Hände, und auch Ellen reichte dem Vetter ihre Hand; aber er berührte kaum ihre Fingerspitzen. – So war's auch, da man sich bald darauf gute Nacht sagte. – Als das Mädchen droben allein in ihrem Giebelstübchen war – und nun merk auf, Paul, wie ehrlich ich erzähle! – da hatte sie keine Ruh' zum Schlafen; sie setzte sich still auf die Kante ihres Bettes, ohne sich auszukleiden und ohne der klingenden Kälte in der ungeheizten Kammer zu achten. Denn es kränkte sie doch; sie hatte dem Menschen ja nichts zu Leid' getan. Freilich, er hatte sie gestern noch gefragt, ob sie den Hasen nicht wieder im Kohl gesehen; und sie hatte dazu den Kopf geschüttelt. – War es etwa das, und wußte er denn, daß er den Hasen schon vor drei Tagen selbst hatte mit verzehren helfen? – Sie wollte den schönen Brief des Vetters einmal wieder lesen. Aber als sie in die Tasche langte, vermißte sie den Kommodenschlüssel. Sie ging mit dem Lichte hinab in die Wohnstube, und von dort, als sie ihn nicht gefunden, in die Küche, wo sie vorhin gewirtschaftet hatte.

Von all dem Sieden und Backen des Abends war es noch warm in dem großen dunklen Raume. Und richtig, dort lag der Schlüssel auf dem Fensterbrett. Aber sie stand noch einen Augenblick und blickte durch die Scheiben in die Nacht hinaus. – So hell und weit dehnte sich das Schneefeld; dort unten zerstreut lagen die schwarzen Strohdächer des Dorfes; unweit des Hauses zwischen den kahlen Zweigen der Silberpappeln erkannte sie deutlich die großen Krähennester; die Sterne funkelten. Ihr fiel ein alter Reim ein, ein Zauberspruch, den sie vor Jahr und Tag von der Tochter des Schulmeisters gelernt hatte. Hinter ihr im Hause war es so still und leer; sie schauerte; aber trotz dessen wuchs in ihr das Gelüste, es mit den unheimlichen Dingen zu versuchen. So trat sie zögernd ein paar Schritte zurück. Leise zog sie den einen Schuh vom Fuße, und die Augen nach den Sternen und tief aufatmend sprach sie: ›Gott grüß dich, Abendstern!‹ – Aber was war das? Ging hinten nicht die Hoftür? Sie trat ans Fenster und horchte. – Nein, es knarrte wohl nur die große Pappel an der Giebelseite des Hauses. – Und noch einmal hub sie leise an und sprach:

> ›Gott grüß dich, Abendstern!
> Du scheinst so hell von fern,
> Über Osten, über Westen,
> Über alle Krähennesten.
> Ist einer zu mein' Liebchen geboren,
> Ist einer zu mein' Liebchen erkoren,
> Der komm, als er geht,
> Als er steht,
> In sein täglich Kleid!‹

Dann schwenkte sie den Schuh und warf ihn hinter sich. Aber sie wartete vergebens; sie hörte ihn nicht fallen. Ihr wurde seltsam zumute, das kam von ihrem Vorwitz! Welch unheimlich Ding hatte ihren Schuh gefangen, eh' er den Boden erreicht hatte? – Einen Augenblick noch stand sie so; dann mit dem letzten

Restchen ihres Mutes wandte sie langsam den Kopf zurück. – Da stand ein Mann in der dunklen Tür, und es war Paul; er war richtig noch einmal auf den unglücklichen Hasen aus gewesen!«

»Nein, Ellen«, sagte der Amtsrichter, »du weißt es wohl; das war er denn doch diesmal nicht; er hatte nur, wie du, auch keine Ruhe gefunden; – aber nun hielt er den kleinen Schuh des Mädchens in der Hand; und Ellen hatte sich am Herd auf einen Stuhl gesetzt, mit geschlossenen Augen, die Hände gefaltet vor sich in den Schoß gestreckt. Es war kein Zweifel mehr, daß sie sich ganz verloren gab; denn sie wußte wohl, daß der Vetter alles gehört und gesehen hatte. – Und weißt du auch noch die Worte, die er zu ihr sprach?«

»Ja, Paul, ich weiß sie noch; und es war sehr grausam und wenig edel von ihm. ›Ellen‹, sagte er, ›ist noch immer die Börse nicht für mich gemacht?‹ Doch Ellen tat ihm auch diesmal den Gefallen nicht; sie stand auf und öffnete das Fenster, daß von draußen die Nachtluft und das ganze Sterngefunkel zu ihnen in die Küche drang.«

»Aber«, unterbrach er sie, »Paul war zu ihr getreten und sie legte still den Kopf an seine Brust; und noch höre ich den süßen Ton ihrer Stimme, als sie so, in die Nacht hinausnickend, sagte: ›Gott grüß dich, Abendstern!‹«

Die Tür wurde rasch geöffnet; ein kräftiger etwa zehnjähriger Knabe trat mit einem brennenden Licht ins Zimmer. »Vater! Mutter!« rief er, indem er die Augen mit der Hand beschattete. »Hier ist Moos und Efeu und auch noch ein Wacholderzweig!«

Der Amtsrichter war aufgestanden. »Bist du da, mein Junge!« sagte er und nahm ihm die Botanisiertrommel mit den heimgebrachten Schätzen ab.

Frau Ellen aber ließ sich schweigend von dem Schreibtisch herabgleiten und schüttelte sich ein wenig wie aus Träumen. Sie legte beide Hände auf ihres Mannes Schultern und blickte ihn eine Weile voll und herzlich an. Dann nahm sie die Hand des Knaben. »Komm, Harro«, sagte sie, »wir wollen Weihnachtsgärten bauen!«

### Unter dem Tannenbaum

Der Weihnachtsabend begann zu dämmern. – Der Amtsrichter war mit seinem Sohne auf der Rückkehr von einem Spaziergange; Frau Ellen hatte sie auf ein Stündchen fortgeschickt. Vor ihnen im Grunde lag die kleine Stadt; sie sahen deutlich, wie aus allen Schornsteinen der Rauch emporstieg; denn dahinter am Horizont stand feuerfarben das Abendrot. – Sie sprachen von den Großeltern drüben in der alten Heimat; dann von den letzten Weihnachten, die sie dort erlebt hatten.

»Und am Vorabend«, sagte der Vater, »als Knecht Ruprecht zu uns kam mit dem großen Bart und dem Quersack und der Rute in der Hand!«

»Ich wußte wohl, daß es Onkel Johannes war«, erwiderte der Knabe, »der hatte immer so etwas vor!«

»Weißt du denn auch noch die Worte, die er sprach?«

Harro sah den Vater an und schüttelte den Kopf.

»Wart nur«, sagte der Amtsrichter, »die Verse liegen zu Haus in meinem Pult; vielleicht bekomm ich's noch beisammen!« Und nach einer Weile fuhr er fort: »Entsinne dich nur, wie erst die drei Ruten-hiebe von draußen auf die Tür fielen und wie dann die rauhe borstige Gestalt mit der großen Hakennase in die Stube trat!« Dann hub er langsam und mit tie-fer Stimme an:

> »Von drauß' vom Walde komm ich her,
> Ich muß euch sagen, es weihnachtet sehr!
> Allüberall auf den Tannenspitzen
> Sah ich goldene Lichtlein sitzen.
> Und droben aus dem Himmelstor
> Sah mit großen Augen das Christkind hervor.
> Und wie ich so strolcht' durch den dichten Tann,
> Da rief's mich mit heller Stimme an;
> ›Knecht Ruprecht‹, rief es, ›alter Gesell,
> Hebe die Beine und spute dich schnell!

*Die Kerzen fangen zu brennen an,*
*Das Himmelstor ist aufgetan,*
*Alt' und Junge sollen nun*
*Von der Jagd des Lebens einmal ruhn;*
*Und morgen flieg ich hinab zur Erden,*
*Denn es soll wieder Weihnachten werden!‹*
*Ich sprach: ›O, lieber Herre Christ,*
*Meine Reise fast zu Ende ist;*
*Ich soll nur noch in diese Stadt,*
*Wo's eitel brave Kinder hat.‹*
*›Hast denn das Säcklein auch bei dir?‹*
*Ich sprach: ›Das Säcklein, das ist hier;*
*Denn Apfel, Nuß und Mandelkern*
*Fressen fromme Kinder gern!‹*
*›Hast denn die Rute auch bei dir?‹*
*Ich sprach: ›Die Rute, die ist hier!*
*Doch für die Kinder nur, die schlechten,*
*Die trifft sie auf den Teil, den rechten!‹*
*Christkindlein sprach: ›So ist es recht,*
*So geh mit Gott, mein treuer Knecht!‹*
*Von drauß' vom Walde komm ich her;*
*Ich muß euch sagen, es weihnachtet sehr!*
*Nun sprecht, wie ich's hier innen find?*
*Sinds gute Kind, sinds böse Kind?«*

»Aber«, fuhr der Amtsrichter mit veränderter Stimme
fort, »ich sagte dem Knecht Ruprecht:

*Der Junge ist von Herzen gut,*
*Hat nur mitunter was trotzigen Mut!«*

»Ich weiß, ich weiß!« rief Harro triumphierend; und den Finger emporhebend und mit listigem Ausdruck setzte er hinzu: »Dann kam so etwas!«

»Was dich in großes Geschrei brachte; denn Knecht Ruprecht schwang seine Rute und sprach:

*Heißt es bei euch denn nicht mitunter:*
*Nieder den Kopf und die Hosen herunter?«*

»O«, sagte Harro, »ich fürchtete mich nicht; ich war nur zornig auf den Onkel!«

Über der Stadt, die sie jetzt fast erreicht hatten, stand nur noch ein fahler Schein am Himmel. Es dunkelte schon; aber es begann zu schneien; leise und emsig fielen die Flocken und der Weg schimmerte schon weiß zu ihren Füßen.

Vater und Sohn waren eine Weile schweigend nebeneinander hergegangen. – »Am Abend darauf«, hub der Amtsrichter wieder an, »brannte der letzte Weihnachtsbaum, den du gehabt hast. Es war damals eine bewegte Zeit; sogar das Zuckerwerk zwischen den Tannenzweigen war kriegerisch geworden: unsere ganze Armee, Soldaten zu Pferde und zu Fuß! – Von alledem ist nun nichts mehr übrig!« setzte er leiser und wie mit sich selbst redend hinzu.

Der Knabe schien etwas darauf erwidern zu wollen, aber ein anderes hatte plötzlich seine Gedanken in Anspruch genommen. – Es war ein großer bärtiger Mann, der vor ihnen aus einem Seitenwege auf die Landstraße herauskam. Auf der Schulter balancierte er ein langes stangenartiges Gepäck, während er mit einem Tannenzweig, den er in der Hand hielt, bei jedem Schritt in die Luft peitschte. Wie er vorüberging, hatte Harro in der Dämmerung noch die große rote Hakennase erkannt, die unter der Pelzmütze hinausragte. Auch einen Quersack trug der Mann, der anscheinend mit allerhand eckigen Dingen angefüllt war. Er ging rasch vor ihnen auf.

»Knecht Ruprecht!« flüsterte der Knabe, »hebe die Beine und spute dich schnell!«

Das Gewimmel der Schneeflocken wurde dichter, sie sahen ihn noch in die Stadt hinabgehen; dann entschwand er ihren Augen; denn ihre Wohnung lag eine Strecke weiter außerhalb des Tores.

»Freilich«, sagte der Amtsrichter, indem sie rüstig zuschritten, »der Alte kommt zu spät; dort unten in der Gasse leuchteten schon alle Fenster in den Schnee hinaus.«

Endlich war das Haus erreicht. Nachdem sie auf dem Flur die beschneiten Überkleider abgetan, traten sie in das Arbeitszimmer des Amtsrichters. Hier war heute der Tee serviert; die große Kugellampe brannte, alles war hell und aufgeräumt. Auf der sauberen Damastserviette stand das fein lackierte Teebrett mit den Geburtstagstassen und dem rubinroten Zuckerglase; daneben auf dem Fußboden in dem Komfort von Mahagonistäbchen mit blankem Messingeinsatz kochte der Kessel, wie es sein muß, auf gehörig durchgeglühten Torfkohlen; wie daheim einst in der großen Stube des alten Familienhauses, so dufteten auch hier in dem kleinen Stübchen die braunen Weihnachtskuchen nach dem Rezept der Urgroßmutter. – Aber während die Mutter nebenan im Wohnzimmer noch das Fest bereitete, blieben Vater und Sohn allein; kein Onkel Erich kam, ihnen feiern zu helfen. Es war doch anders als daheim.

Ein paar Mal hatte Harro mit bescheidenem Finger an die Tür gepocht, und ein leises »Geduld!« der Mutter war die Antwort gewesen. Endlich trat Frau Ellen selbst herein. Lächelnd – aber ein leiser Zug von Weh war doch dabei – streckte sie ihre Hände aus und zog ihren Mann und ihren Knaben, jeden bei einer Hand, in die helle Weihnachtsstube.

Es sah freundlich genug aus. Auf dem Tische in der Mitte, zwischen zwei Reihen brennender Wachskerzen, stand das kleine Kunstwerk, das Mutter und Sohn in den Tagen vorher sich selbst geschaffen hatten, ein Garten im Geschmack des vorigen Jahrhunderts mit glatt geschorenen Hecken und dunklen Lauben; alles von Moos und verschiedenem Wintergrün zierlich zusammengestellt. Auf dem Teiche von

Spiegelglas schwammen zwei weiße Schwäne; daneben vor dem chinesischen Pavillon standen kleine Herren und Damen von Papiermaché in Puder und Kontuschen. – Zu beiden Seiten lagen die Geschenke für den Knaben; eine scharfe Lupe für die Käfersammlung, ein paar bunte Münchener Bilderbogen, die nicht fehlen durften, von Schwind und Otto Speckter; ein Buch in rotem Halbfranzband; dazwischen ein kleiner Globus in schwarzer Kapsel, augenscheinlich schon ein altes Stück. »Es war Onkel Erichs letzte Weihnachtsgabe an mich«, sagte der Amtsrichter, »nimm du es nun von mir! Es ist mir in diesen Tagen auf's Herz gefallen, daß ich ihm die Freude, die er mir als Kind gemacht, in späterer Zeit nicht einmal wieder gedankt – nun haben sie mir den alten Herrn im letzten Herbst begraben!«

Frau Ellen legte den Arm um ihren Mann und führte ihn an den Spiegeltisch, auf dem heute die beiden silbernen Armleuchter brannten. Auch ihm hatte sie beschert; das erste aber, wonach seine Hand langte, war ein kleines Lichtbild. Seine Augen ruhten lange darauf, während Frau Ellen still zu ihm emporsah. Es war sein elterlicher Garten; dort unter dem Ahorn vor dem Lusthause standen die beiden Alten selbst, das noch dunkle volle Haar seines Vaters war deutlich zu erkennen.

Der Amtsrichter hatte sich umgewandt; es war, als suchten seine Augen etwas. Die Lichter an dem

Moosgärtchen brannten knisternd fort; in ihrem Schein stand der Knabe vor dem aufgeschlagenen Weihnachtsbuch. Aber droben unter der Decke des hohen Zimmers war es dunkel; der Tannenbaum fehlte, der das Licht des Festes auch dort hinaufgetragen hätte.

Da klingelte draußen im Flur die Glocke und die Haustür wurde polternd aufgerissen. »Wer ist denn das?« sagte Frau Ellen; und Harro lief zur Tür und sah hinaus.

Draußen hörten sie eine raue Stimme fragen: »Bin ich denn hier recht beim Herrn Amtsrichter?« Und in demselben Augenblicke wandte auch der Knabe den Kopf zurück und rief: »Knecht Ruprecht; Knecht Ruprecht!« Dann zog er Vater und Mutter mit sich aus der Tür. Es war der große bärtige Mann, der den beiden Spaziergängern vorhin oberhalb der Stadt begegnet war; bei dem Schein des Flurlämpchens sahen sie deutlich die rote Hakennase unter der beschneiten Pelzmütze leuchten. Sein langes Gepäck hatte er gegen die Wand gelehnt. »Ich habe das hier abzugeben!« sagte er, indem er auch den schweren Quersack von der Schulter nahm.

»Von wem denn?« fragte der Amtsrichter.

»Ist mir nichts von aufgetragen worden.«

»Wollt Ihr denn nicht näher treten?«

Der Alte schüttelte den Kopf. »Ist alles schon besorgt! Habt gute Weihnacht beieinander!« Und indem er noch einmal mit der großen Nase nickte, war er schon zur Tür hinaus.

»Das ist eine Bescherung!« sagte Frau Ellen fast ein wenig schüchtern.

Harro hatte die Haustür aufgerissen. Da sah er die große dunkle Gestalt schon weithin auf dem beschneiten Wege hinausschreiten.

Nun wurde die Magd herbeigerufen, deren Bescherung durch dieses Zwischenspiel bis jetzt verzögert war; und als mit ihrer Hilfe die verhüllten Dinge in das helle Weihnachtszimmer gebracht waren, kniete Frau Ellen auf dem Fußboden und begann mit ihrem Trennmesser die Nähte des großen Packens aufzulösen. Und bald fühlte sie, wie es von innen heraus sich dehnte und die immer schwächer werdenden Bande zu sprengen strebte; und als der Amtsrichter, der bisher schweigend dabeigestanden, jetzt die letzten Hüllen abgestreift hatte und es aufrecht vor sich hingestellt hielt, da war's ein ganzer mächtiger Tannenbaum, der nun nach allen Seiten seine entfesselten Zweige ausbreitete. Lange schmale Bänder von Knittergold rieselten und blitzten überall von den Spitzen durch das dunkle Grün herab; auch die Tannäpfel waren golden, die unter allen Zweigen hingen.

Harro war indes nicht müßig gewesen, er hatte den Quersack aufgebunden; mit leuchtenden Augen brachte er einen flachen, grün lackierten Kasten geschleppt. »Horch, es rappelt!« sagte er. »Es ist ein

Schubfach darin!« Und als sie es aufgezogen, fanden sie wohl ein Schock der feinsten weißen Wachskerzchen.

»Das kommt von einem echten Weihnachtsmann«, sagte der Amtsrichter, indem er einen Zweig des Baumes herunterbog, »da sitzen schon überall die kleinen Blechlampetten!«

Aber es war nicht nur ein Schubfach in dem Kasten; es war auch obenauf ein Klötzchen mit einem Schraubengang. Der Amtsrichter wußte Bescheid in diesen Dingen; nach einigen Minuten war der Baum eingeschroben und stand fest und aufrecht, seine grüne Spitze fast bis zur Decke streckend. – Die alte Magd hatte ihre Schüssel mit Äpfeln und Pfeffernüssen stehen lassen; während die andern drei beschäftigt waren, die Wachskerzen aufzustecken, stand sie neben ihnen, ein lebendiger Kandelaber, in jeder Hand einen brennenden Armleuchter emporhaltend. – Sie war aus der Heimat mit herübergekommen und hatte sich von allen am schwersten in den Brauch der Fremde gefunden. Auch jetzt betrachtete sie den stolzen Baum mit mißtrauischen Augen. »Die goldenen Eier sind denn doch vergessen!« sagte sie.

Der Amtsrichter sah sie lächelnd an: »Aber, Margreth, die goldenen Tannäpfel sind doch schöner!«

»So, meint der Herr? Zu Hause haben wir immer die goldenen Eier gehabt.«

Darüber war nicht zu streiten; es war auch keine

Zeit dazu. Harro hatte sich indessen schon wieder über den Quersack hergemacht. »Noch nicht anzünden!« rief er, »das Schwerste ist noch darin!«

Es war ein fest vernageltes, hölzernes Kistchen. Aber der Amtsrichter holte Hammer und Meißel aus seinem Gerätkästchen; nach ein paar Schlägen sprang der Deckel auf und eine Fülle weißer Papierspäne quoll ihnen entgegen. – »Zuckerzeug!« rief Frau Ellen und streckte schützend ihre Hände darüber aus. »Ich wittere Marzipan! Setzt euch; ich werde auspacken!«

Und mit vorsichtiger Hand langte sie ein Stück nach dem andern heraus und legte es auf den Tisch, das nun von Vater und Sohn aus dem umhüllenden Seidenpapier herausgewickelt wurde.

»Himbeeren!« rief Harro. »Und Erdbeeren, ein ganzer Strauß!«

»Aber siehst du es wohl?« sagte der Amtsrichter. »Es sind Walderdbeeren; so welche wachsen in den Gärten nicht.«

Dann kam, wie lebend, allerlei Geziefer; Hornisse und Hummeln und was sonst im Sonnenschein an stillen Waldplätzchen umherzusummen pflegt, zierlich aus Dragant gebildet, mit goldbestäubten Flügeln; nun eine Honigwabe – die Zellen mochten mit Likör gefüllt sein – wie sie die wilde Biene in den Stamm der hohlen Eiche baut; und jetzt ein großer Hirschkäfer, von Schokolade, mit gesperrten Zangen und ausgebreiteten Flügeldecken. »Cervus lucanus!« rief Harro und klatschte in die Hände.

An jedem Stück war, je nach der Größe, ein lichtgrünes Seidenbändchen. Sie konnten der Lockung nicht widerstehen; sie begannen schon jetzt den Baum damit zu schmücken, während Frau Ellens Hände noch immer neue Schätze ans Licht förderten.

Bald schwebte zwischen den Immen auch eine Schar von Schmetterlingen an den Tannenspitzen; da war der Himbeerfalter, die silberblaue Daphnis und der olivenfarbige Waldargus und wie sie alle heißen mochten, die Harro hier vergebens aufzujagen gesucht hatte. – Und immer schwerer wurden die Päckchen, die eins nach dem andern von den eifrigen Händen geöffnet wurden. Denn jetzt kam das Geschlecht des größern Geflügels; da kam der Dompfaff und der Buntspecht, ein Paar Kreuzschnäbel, die im Tannenwald daheim sind; und jetzt – Frau Ellen stieß einen leichten Schrei aus – ein ganzes Nest voll kleiner Schnäbel aufsperrender Vögel; und Vater und Sohn gerieten miteinander in Streit, ob es Goldhähnchen oder junge Zeisige seien, während Harro schon das kleine Heimwesen im dichtesten Tannengrün verbarg.

Noch ein Waldbewohner erschien; er mußte vom Buchenrevier herübergekommen sein; ein Eichhörnchen von Marzipan, in halber Lebensgröße, mit erhobenem Schweif und klugen Augen. »Und nun ist's alle!« rief Frau Ellen. Aber nein, ein schweres Päckchen noch! Sie öffnete es und verbarg es dann ebenso rasch wieder in beiden Händen. »Ein Prachtstück!« rief sie. »Aber nein, Paul; ich bin edelmütiger als du; ich zeig's dir nicht!«

Der Amtsrichter ließ sich das nicht anfechten; er brach ihr die nicht gar zu ernstlich geschlossenen Hände auseinander, während sie lachend über ihn wegschaute.

»Ein Hase!« jubelte Harro, »er hat ein Kohlblatt zwischen den Vorderpfötchen!«

Frau Ellen nickte: »Freilich, er kommt auch eben aus des alten Kirchspielvogts Garten!«

»Harro, mein Junge«, sagte der Amtsrichter, indem er drohend den Finger gegen seine Frau erhob, »versprich mir, diesen Hasen zu verspeisen, damit er gründlich aus der Welt komme!«

Das versprach Harro.

Der Baum war voll, die Zweige bogen sich; die alte Margreth stöhnte, sie könne die Leuchter nicht mehr halten, sie habe gar keine Arme mehr am Leibe.

Aber es gab wieder neue Arbeit. »Anzünden!« kommandierte der Amtsrichter; und die klein' und großen Weihnachtskinder standen mit heißen Gesichtern, kletterten auf Schemel und Stühle und ließen nicht ab, bis alle Kerzen angezündet waren.

Der Baum brannte, das Zimmer war von Duft und

Glanz erfüllt; es war nun wirklich Weihnachten geworden.

Ein wenig müde von der ungewohnten Anstrengung saß der Amtsrichter auf dem Sofa, nachsinnend in den gegenüberhängenden großen Wandspiegel blickend, der das Bild des brennenden Baumes zurückstrahlte.

Frau Ellen, die ganz heimlich ein wenig aufzuräumen begann, wollte eben die geleerte Kiste an die Seite setzen, als sie wie in Gedanken noch einmal mit der Hand durch die Papierspäne streifte. Sie stutzte. »Unerschöpflich!« sagte sie lächelnd. – Es war ein Star von Schokolade, den sie hervorgeholt hatte. »Und, Paul«, fuhr sie fort, »er spricht!«

Sie hatte sich zu ihm auf die Sofalehne gesetzt, und beide lasen nun gemeinschaftlich den beschriebenen Zettel, den der Vogel in seinem Schnabel trug: »Einen Wald- und Weihnachtsgruß von einer dankbaren Freundin!«

»Also von ihr!« sagte der Amtsrichter. »Ihr Herz hat ein gutes Gedächtnis. Knecht Ruprecht mußte einen tüchtigen Weg zurücklegen; denn das Gut liegt fünf ganze Meilen von hier.«

Frau Ellen legte den Arm um ihres Mannes Nakken.

»Nicht wahr, Paul, wir wollen auch nicht undankbar gegen die Fremde sein?«

»Oh, ich bin nicht undankbar; – aber –«

»Was denn aber, Paul?«

»Was mögen drüben jetzt die Alten machen!«

Sie antwortete nicht darauf; sie gab ihm schweigend ihre Hand.

»Wo ist Harro?« fragte er nach einer Weile.

Harro war eben wieder ins Zimmer getreten; aus einer Schachtel, die er mit sich brachte, nahm er eine kleine verblichene Figur und befestigte sie sorgfältig an einen Zweig des Tannenbaums. Die Eltern hatten es wohl erkannt; es war ein Stück von dem Zuckerzeug des letzten heimatlichen Weihnachtsbaums; ein Dragoner auf schwarzem Pferde in langem graublauem Mantel. Der Knabe stand davor und betrachtete es unbeweglich; seine großen blauen Augen unter der breiten Stirn wurden immer finsterer. »Vater«, sagte er endlich, und seine Stimme zitterte, »es war doch schade um unser schönes Heer! – Wenn sie es nur nicht aufgelöst hätten – ich glaube, dann wären wir wohl noch zu Hause!«

Eine lautlose Stille folgte, als der Knabe das gesprochen. Dann rief der Vater seinen Sohn und zog ihn dicht an sich heran. »Du kennst noch das alte Haus deiner Großeltern«, sagte er, »du bist vielleicht das letzte Kind von den Unseren, das noch auf den großen übereinandergetürmten Bodenräumen gespielt hat; denn die Stunde ist nicht mehr fern, daß es in fremde Hand kommen wird. – Einer deiner Urahnen hat es einst für seinen Sohn gebaut. Der junge

Mann fand es fertig und ausgestattet vor, als er nach mehrjähriger Abwesenheit in den Handelsstädten Frankreichs nach seiner Heimat zurückkehrte. Bei seinem Tode hat er es seinen Nachkommen hinterlassen, und sie haben darin gewohnt als Kaufherren und Senatoren oder, nachdem sie sich dem Studium der Rechte zugewandt hatten, als Bürgermeister oder Syndizi ihrer Vaterstadt. Es waren angesehene und wohl denkende Männer, die im Lauf der Zeit ihre Kraft und ihr Vermögen auf mannigfache Weise ihren Mitbürgern zugutekommen ließen. So waren sie wurzelfest geworden in der Heimat. Noch in meiner Knabenzeit gab es unter den tüchtigeren Handwerkern fast keine Familie, wo nicht von den Voreltern oder Eltern eines in den Diensten der Unserigen gestanden hätte; sei es auf den Schiffen oder in den Fabriken oder auch im Hause selbst. – Es waren das Verhältnisse des gegenseitigen Vertrauens; jeder rühmte sich des andern und suchte sich des andern wert zu zeigen; wie ein Erbe ließen es die Eltern ihren Kindern; sie kannten sich alle, über Geburt und Tod hinaus, denn sie kannten Art und Geschlecht der Jungen, die geboren wurden, und der Alten, die vor ihnen da gewesen waren.«

Der Amtsrichter schwieg einen Augenblick, während der Knabe unbeweglich zu ihm emporsah. »Aber nicht allein in die Höhe«, fuhr er fort, »auch in die Tiefe haben deine Voreltern gebaut; zu dem steinernen Hause in der Stadt gehörte die Gruft draußen auf dem Kirchhof; denn auch die Toten sollten noch beisammen sein. – Und seltsam, da ich des inne ward, daß ich fortmußte, mein erster Gedanke war, ich könnte dort den Platz verfehlen. Ich habe sie mehr als einmal offen gesehen; das letzte Mal, als deine Urgroßmutter starb, eine Frau in hohen Jahren, wie sie den Unserigen vergönnt zu sein pflegen. – Ich vergesse den Tag nicht. Ich war hinabgestiegen und stand unten in der Dunkelheit zwischen den Särgen, die neben und über mir auf den eisernen Stangen ruhten; die ganze alte Zeit, eine ernste schweigsame Gesellschaft. Neben mir war der Totengräber, ein eisgrauer Mann. Aber einst war er jung gewesen und hatte als Kutscher, den schwarzen Pudel zwischen den Knien, die Rappen meines Großvaters gefahren. – Er stand an einen hohen Sarg gelehnt und ließ wie liebkosend seine Hand über das schwarze Tuch des Deckels gleiten. ›Dat is min ole Herr!‹ sagte er in seinem Plattdeutsch, ›dat weer en gude Mann!‹ – Mein Kind, nur dort zu Hause konnte ich solche Worte hören. Ich neigte unwillkürlich das Haupt; denn mir war, als fühlte ich den Segen der Heimat sich leibhaftig auf mich niedersenken. Ich war der Erbe dieser Toten; sie selbst waren zwar dahingegangen; aber ihre Güte und Tüchtigkeit lebte noch und war für mich da und half mir, wo ich selber irrte, wo meine Kräfte mich verließen. – Und auch jetzt noch, wenn ich – mir und den Meinen nicht zur Freude, aber getrieben von jenem geheimnisvollen Weh, auf kurze Zeit zurückkehrte, ich weiß es wohl, dem sich dann alle Hände dort entgegenstreckten, das war nicht ich allein.«

Er war aufgestanden und hatte einen Fensterflügel aufgestoßen. Weithin dehnte sich das Schneefeld; der Wind sauste; unter den Sternen vorüber jagten die Wolken; dorthin, wo in unsichtbarer Ferne ihre Heimat lag. – Er legte fest den Arm um seine Frau, die ihm schweigend gefolgt war; seine lichtblauen Augen lugten scharf in die Nacht hinaus. »Dort!« sprach er leise; »ich will den Namen nicht nennen; er wird nicht gern gehört in deutschen Landen; wir wollen ihn still in unserm Herzen sprechen, wie die Juden das Wort für den Allerheiligsten.« Und er ergriff die Hand seines Kindes und preßte sie so fest, daß der Junge die Zähne zusammenbiß.

Noch lange standen sie und blickten dem dunklen Zuge der Wolken nach. – Hinter ihnen im Zimmer ging lautlos die alte Magd umher und hütete sorgsamen Auges die allmählich niederbrennenden Weihnachtskerzen.

## Die Feuersbrunst

Hilde lebte sich ein, und es waren glückliche, helle Tage, so hell wie der Schnee, der draußen lag. Alle Morgen mußte Martin in die Schule, zweimal auch zu Sörgel, aber wenn er dann eine Stunde vor Essen wiederkam und seine Mappe mit der Schiefertafel in das Brotschapp gestellt hatte, so ging es mit der ihn schon erwartenden Hilde rasch in die Winterfreude hinaus, die jeden Tag eine andere wurde. Die größte aber war, als sie sich auf dem Hofe eine Schneehütte gebaut und die Höhle darin mit Stroh und Heu ausgepolstert hatten. Da saßen sie halbe Stunden lang, sprachen kein Wort und hielten sich nur bei den Händen. Und Martin sagte, sie seien verzaubert und säßen in ihrem Schloß, und der Riese draußen ließe niemand ein. Dieser Riese aber war ein Schneemann, dem Joost eine Perücke von Hobelspänen aufgesetzt und anfänglich ein Schwert in die Hand gegeben hatte, bis einige Tage später aus dem Schwert ein Besen und mit Hülfe dieses Tausches aus dem Riesen selbst ein Knecht Ruprecht geworden war. Das war um die Mitte Dezember. Als aber bald danach die letzte Woche vor dem Fest anbrach, da fingen auch die Heimlichkeiten an, und Martin war stundenlang fort, ohne daß Hilde gewußt hätte, wo. Und wenn sie dann fragte, so hörte sie nur, er sei bei Sörgel oder bei Melcher Harms oder bei dem alten Drechsler Eickmeier, der in der Weihnachtszeit außer seinen Pfeifen und seinem Schwamm auch noch Bilderbogen verkaufte. Mehr aber konnte niemand sagen, und erst am Heiligabende selbst mußte der Geheimnisvolltuende von seinem Geheimnis lassen, um sich ebenso der Zustimmung des Vaters wie der Hülfe Grissels zu versichern. Und diese letztere half denn auch wirklich und freute sich, daß es etwas Schönes werden würde, worüber ihr keinen Augenblick ein Zweifel kam. Und als es nun dunkelte und drüben von der Kirche her die kleine Glocke zu läuten anfing, da war alles fertig, und der Heidereiter selbst führte Hilden in seine Stube, drin unter dem Christbaum neben anderen Geschenken auch die ganze Stadt Bethlehem mit all ihren Hirten und Engeln aufgebaut worden war. Alles leuchtete hell, weil hinter dem geölten Papier eine ganze Zahl kleiner Lichter brannte; am hellsten aber leuchtete der Stern, der über dem Kripplein und dem Jesuskinde stand. Hilde konnte sich nicht satt sehen daran, und als endlich der Lichterglanz in der Stadt Bethlehem erloschen war, trat sie vor den Heidereiter hin, um ihm für alles, was ihr der Heilige Christ beschert hatte, zu danken.

»Und nun sage mir«, sagte dieser, »was hat dir am besten gefallen?«

Sie wies auf die Stadt.

»Dacht' ich's doch!« lachte Baltzer Bocholt, »die Stadt! Aber die Stadt ist nicht von mir, Hilde, die hat dir der Martin aufgebaut und hat seine Sparbüchse geplündert. Und der alte Melcher Harms hat ihm geholfen, und alles, was in Holz geschnitzt ist und auf vier Beinen steht, das ist von ihm. Ja, das versteht er. Aber der Martin hat doch das Beste getan, und wenn du wem danken willst, so weißt du jetzt, wohin damit.«

Und dabei wies er auf Martin, der scheu neben dem Ofen stand.

Hilden selbst aber war alle Scheu geschwunden, und sie lief auf Martin zu und gab ihm einen herzhaften Kuß, *so* herzhaft, daß der alte Heidereiter ins Lachen kam und immer wiederholte: »Das ist recht, Hilde, das ist recht. Ihr sollt euch lieb haben, so recht von Herzen, und wie Bruder und Schwester. Ja, so will ich's, das hab' ich gern.«

Und danach ging es zu Tisch, und alle ließen sich den Weihnachtskarpfen schmecken und waren guter Dinge, nur Hilde nicht, die noch immer in fieberhafter Erregung nach dem dunkelgewordenen Bethlehem hinübersah und endlich froh war, als sie gute Nacht sagen und in die Giebelstube hinaufsteigen konnte. Hier stellte sie, was ihr unten beschert worden war, auf das oberste Brett ihres Schrankes und sagte zu Grissel, während sie den

Binsenstuhl an das Bett derselben heranrückte: »Nun erzähle.«

»Wovon, Kind?«

»Von der Jungfrau Maria.«

»Und von dem Jesuskindlein?«

»Ja. Von dem Kindlein auch. Aber am liebsten von der Jungfrau Maria. War es seine Mutter?«

»Ach, du Herr des Himmels!« entsetzte sich Grissel. »Hast du denn nie gelernt: ›Geboren von der Jungfrau Maria‹? Kind, Kind! Ach, und deine Mutter, die Muthe, hat sie dir denn nie das zweite Stück vorgesagt? Wie? Sage!«

»Sie hat mir immer nur ein Lied vorgesagt.«

»Und wovon?«

»Von einem jungen Grafen.«

»Und nichts von Gott und Christus? Und weißt auch nicht, was Weihnachten ist? Und bist am Ende gar nicht getauft? Und da läßt der Pastor dich umherlaufen, sagt nichts und fragt nichts, und der Böse geht um, und ist keiner, der ihm widerstände, der nicht den Glauben hat an Jesum Christum, unseren Herrn und Heiland. Ach, du mein armes Heidenkind! ... Aber nimm dir ein Tuch und wickele dich ein, denn es ist kalt, und dann höre zu, was ich dir sagen will.«

Und Grissel erzählte nun von Joseph und Maria und von Bethlehem, und wie das Christkind allda geboren sei.

»Von der Jungfrau Maria?«

»Ja, von *der*. Denn das Kind, das sie gebar, das war nicht des Josephs Kind, das war das Kind des Heiligen Geistes.«

Es war ersichtlich, daß Hilde nicht verstand und verlegen war. Aber sie wollte nicht weiter fragen und sagte nur: »Und wie kam es dann?«

»Ei, dann kam es so, wie du's heute gesehen hast und wie Martin und Joost es dir aufgebaut haben. Und meinetwegen auch der alte Melcher. Erst kam der Stern und stand über dem Hause still, und dann erschienen die Hirten, und zuletzt kamen die drei Könige von Morgenland und brachten Gold und Gaben und köstliche Gewänder, und alles war Licht und himmlische Musik, und der Himmel war offen, und die Engel Gottes stiegen auf und nieder. Und es war Freud' im Himmel und auf Erden, denn unser Heiland war geboren. Und dieser Geburtstag unseres Heilandes ist unser Weihnachtstag.«

Hildes Augen waren immer größer geworden, und sie sagte jetzt: »Ah, das ist schön und wird einem so weit! Erzähle mir immer mehr. Ich seh' es alles und höre die himmlische Musik, und dazwischen ist es wie Glockenläuten. Ernst und schwer. Und ist immer derselbe Ton ...«

Indem aber hatte sich Grissel aufgerichtet, hielt ihre Hand ans Ohr und sagte: »Hilde, Kind, was ist das? … Immer *ein* Ton, freilich. Und immer derselbe … Das ist die Feuerglocke … Horch!«

Und sie war aus dem Bett gesprungen, warf ihren Friesrock über und sah hinaus. Aber im Dorfe war kein Feuerschein, und so lief sie nach der anderen Giebelstube hinüber, wo Martin schlief, und riß das Fenster auf. Und da sah sie die Glut, nicht unten im Tal, aber oben, und wenn nicht alles täuschte, so mußt' es auf Kunerts-Kamp sein, hart am Walde, denn die Rückseite von Ellernklipp stand angeglüht im Widerschein. Und sie flog treppab, um den Heidereiter zu wecken. Aber der stand schon auf der Diele, den Hirschfänger an der Koppel, und rief ihr zu: »Meinen Hut; rasch! Verdammte Wirtschaft! Wer hat den Hut vom Ständer genommen?« – »Er hängt ja; weiß Gott, Baltzer, Ihr habt wieder Euren Koller und kein Aug' im Kopf. Hier.« Und er riß ihr den Hut aus der Hand. In der Tür aber wandt' er sich noch einmal zurück und sagte scharf und bestimmt: »Und daß du mir das Haus hütest, Grissel. Ich befehl' es. Ein Feuer wie das ist kein Küchenfeuer. Und Hilde soll ins Bett. Und Martin auch.«

Damit war er die Treppenstufen hinunter und ging auf Diegels Mühle zu, von der er dann, als auf dem nächsten Wege, nach Ellernklipp hinauf wollte.

Mittlerweile war auch Hilde die Treppe herabgekommen und stellte sich mit auf die zugige Diele, denn Vor- und Hintertür standen weit offen. Und nicht lange, so rollte von Emmerode her über den hartgetretenen Schnee die Dorfspritze heran. Allerhand junges Volk hatte sich vorgespannt, andere schoben, und Grissel, die bis auf die Vortreppe hinausgetreten war, fragte: wo es sei.

»Auf Kunerts-Kamp. Der Muthe Rochussen ihr Haus brennt.«

Und damit ging es weiter. Aber ehe noch die Spritze zwischen den Erlen verschwunden war, erklärte Hilde, die jedes Wort gehört hatte, daß sie gehen und das Feuer sehen wolle.

»Du darfst nicht.«

Aber sie bat weiter, und als Grissel unerbittlich blieb, sagte sie: »Gut, so geh' ich allein. Du wirst mich doch nicht halten wollen?« Und damit lief sie fort und kam erst zurück und beruhigte sich erst wieder, als ihr die bang und ängstlich nachstürzende Grissel ein Mal über das andere zugesichert hatte, sie nicht einsperren oder mit Gewalt festhalten, ihr vielmehr in allem zu Willen sein zu wollen. Und wirklich, sie hielt Wort; und als sie die vor Erregung immer noch zitternde Hilde wohl verwahrt und in ihre Weihnachtspelzkappe gesteckt hatte, gingen sie, rechts um das Haus biegend, einen mit lockerem Schnee gefüllten Graben hinauf, der unmittelbar neben dem Heckenzaun hin auf die Höhe zulief. Eine Zeitlang war es ihnen, als ob oben alles erloschen sei, denn sie sahen keinen Schein mehr. Aber kaum daß der anfänglich tiefe Graben etwas flacher gefroren war, so lag auch das Feuer vor ihnen, wie mit Händen zu greifen, und die Glutmasse wirbelte immer heftiger in die Höhe. Hilde stand wie gebannt. Endlich aber sagte sie: »Komm, wir wollen näher.«

Und damit hielten sie sich auf einen hohen Grenzstein zu, der zwischen Kunerts-Kamp und den Sieben Morgen lag und das verschneite Heidekraut weit überragte. Auf den stellten sie sich und sahen hinüber in die Flamme.

Die Spritze war schon da, trotzdem man sie stückweise hatte herauftragen müssen, aber Wasser fehlte. Denn der Ziehbrunnen, der zu dem Hause gehörte, lag schon im Bereiche des Feuers, und niemand konnte mehr heran. Es schien aber doch, als ob Wasser von irgendwoher erwartet werde, denn eine lange Kette hatte sich bis Ellernklipp hin aufgestellt, und nur der Heidereiter achtete weit mehr auf das, was an der entgegengesetzten Seite vorging, weil er vor allem seinen Wald zu retten wünschte. Der lag freilich noch gute hundert Schritte zurück, aber gerade da, wo die Muthe gewohnt hatte, schob er eine lange Spitze vor, deren vorderstes Gezweig bereits bis über die Gartenzäunung hing. Es war klar, daß der Wald in äußerster Gefahr schwebte, wenn es nicht gelang, einen breiten Zwischenraum zu schaffen, und Baltzer Bocholt, der wohl erkannte, daß er um des Ganzen willen einen Einsatz nicht scheuen dürfe, wies jetzt, als er seine Holzschläger und Schindelspeller um sich versammelt sah, auf die Stelle hin, wo seiner Meinung nach der Schnitt gemacht und die vorspringende Spitze von dem eigentlichen Gebreite des Waldes abgetrennt werden mußte. »Vorwärts!« Und nicht lange, so hörte man den Schlag der Axt und das Krachen und Stürzen der Bäume, die, wenn kaum erst halb angeschlagen, an langen Stricken niedergerissen wurden. Und eine kleine Weile noch, so gab es auch Wasser oder doch die Gelegenheit dazu, denn aus dem Tale herauf, von Diegels Mühle her, erschien eben jetzt eine Schlittenschleife, die mit Schaufeln und Spaten, mit Eimern und Kesseln und überhaupt mit allem bepackt worden war, dessen man unten in der Eile hatte habhaft werden können; und während einige der Leute sofort sich anschickten, mit Stangen und Feuerhaken ein paar brennende Balken aus der Feuermasse herauszureißen, schleppten andere die Kessel, große und kleine, vom Schlitten her in die Glut und schippten den umherliegenden Schnee hinein. Und wieder andere waren, die hockten um die Kessel her und trugen den Schnee, wenn er geschmolzen, in Butten und Eimern an die nebenstehende Spritze, deren erster Strahl eben jetzt in die Glutmasse niederfiel. Aber der Heidereiter, unschwer erkennend, daß an der Muthe Haus wenig gelegen und noch weniger zu retten war, schrie mit lauter Stimme dazwischen: »Unsinn! hierher!« Und gehorsam seinem Kommando, packten alle, die zur Hand waren, nach der Spritzendeichsel und jagten über die verschneiten Baumstubben fort, bis sie dicht an der Waldecke hielten, an eben jener bedrohtesten Stelle, wo der angeglühte Schnee bereits von den Zweigen zu tropfen anfing.

Und Hilde starrte wie benommen in das mit jedem Augenblicke sich neugestaltende Bild, das, alles sonstigen Wechsels ungeachtet, in drei fest und unverändert bleibenden Farbenstufen vor ihr lag: am weitesten zurück die schwarze Schattenmasse des Waldes, *vor* dem Walde das Feuer und *vor* dem Feuer der Schnee.

Über dem Ganzen aber der Sternenhimmel.

Und sie sah hinauf, und die Engel stiegen auf und nieder. Und es war wieder ein Singen und Klingen, und die Wirklichkeit der Dinge schwand ihr hin in Bild und Traum.

Und so stand sie noch, als sie drüben ein Rufen und Schreien hörte, vor dem ihr Traum zerrann, und als sie wieder hinblickte, sah sie, daß das brennende Haus in ein Wanken und Schwanken kam und im nächsten Augenblicke jäh zusammenstürzte.

Die Funken flogen himmelan und verloren sich in den Sternen.

Eine Minute lang folgte sie noch wie geblendet dem Schauspiel, während sie zugleich das in die Höhe gerichtete Auge mit ihrer Hand zu schützen suchte. Dann aber ließ sie die Hand wieder fallen und sagte: »Komm, Grissel, mich friert. Und es ist nun alles vorbei.«

THEODOR FONTANE

## Der Berg des Lichts

Und Hilde war nun vierzehn, und am Palmsonntage sollte sie mit Martin und den anderen Konfirmanden eingesegnet werden.

Es waren noch sechs Wochen bis dahin, und als wieder eine Biblische Geschichts-Stunde war, sagte Sörgel: »Ihr seid nun fest im Alten Testament, und die Hilde weiß es vorwärts und rückwärts. Aber den Alten Bund, den hatten die Juden auch, und ist nun Zeit, Kinder, daß wir uns um Jesum Christum, unseren Herrn und Heiland, kümmern. Sage mir, Hilde, was du von ihm weißt?«

Hilde richtete sich auf und säumte nicht, von Bethlehem und Christi Geburt eine gute Beschreibung zu machen; und als er fragte, wo sie das herhabe, berichtete sie von der ersten Weihnachtsbescherung in ihres Pflegevaters Haus und von der Krippe, die Martin aufgebaut, und zuletzt auch von dem Aufschluß, den ihr Grissel gegeben habe.

»Das ist gut. Und ich sehe wohl, die Grissel ist eine kluge Person und ein rechtes Küsters- und Schulmeisterskind, dem es von Jugend auf alles in succum et sanguinem gegangen ist, das heißt: in Fleisch und Blut. Und darauf kommt es an. Denn seht, Kinder, das Christentum will erfahren sein, das ist die Hauptsache; aber es muß freilich auch *gelernt* werden, dann hat man's, wenn man's braucht. Etwas Schule brauchen wir alle. Nicht wahr, Hilde?«

Hilde schwieg aus Respekt, und der Alte fuhr fort: »Es muß auch gelernt werden, sag' ich. Und so lernet mir denn die drei Stücke, darin steckt alles. In den drei Stücken und in den zehn Geboten. *Die* gehören mit dazu, sonst wird uns in unserem Glauben zu wohl, und wir vergessen um des Jenseits willen, was wir dem Diesseits schuldig sind. Also die drei Hauptstücke.

Heut ist Dienstag, und nächsten Dienstag frag' ich euch danach. Da habt ihr eine volle Woche Zeit. Und nun geht und gehabt euch wohl, und Gott und ein gutes Gedächtnis seien mit euch.«

Und nun war wieder Dienstag, und beide Katechumenen saßen wieder auf der kleinen Bank in der stillen Stube. Martin sah tapfer und sicher aus, aber Hilde schlug verlegen die Augen nieder.

»Also die drei Hauptstücke«, hob Sörgel an. »Nun laß hören, Hilde. Rasch und fest. Aber nicht *zu* rasch.«

»Ich glaube an Gott den Vater, allmächtigen Schöpfer Himmels und der Erden.«

»Gut. Also du glaubst an Gott den Vater, allmächtigen Schöpfer Himmels und der Erden. Und nun gib mir auch unseres Dr. Luthers Erklärung und sage mir: Was ist das?«

»Ich glaube, daß mich Gott geschaffen hat ...«
Hier stockte sie und war wie mit Blut übergossen.
Endlich aber sagte sie: »Weiter weiß ich es nicht.«

»Ei, ei, Hilde ... Hast du denn nicht gelernt?«

»Ich habe gelernt ... Aber ich kann es nicht lernen ...«

»Und du wußtest doch das Erste.«

»Ja, das Erste kann ich und das Zweite kann ich
beinah. Aber das Dritte kann ich *nicht*. Und ›Was ist
das?‹ das kann ich *gar* nicht.«

Sörgel, der sonst immer einen Scherz hatte, sagte
nichts und ging in seinen Sammetstiefeln auf und ab.
Endlich blieb er vor Martin stehen, schlug ihn mit
der Hand leise unters Kinn und sagte: »Martin, *du*
kannst es. Nicht wahr?«

»Ja, Herr Prediger.«

»Ich dacht' es mir«, antwortete Sörgel, und ein
leiser Spott umspielte seine Züge. Dann aber ging er
auf den Tisch zu, wo die Bibel lag, und blätterte
darin, alles nur, um seiner Erregung Herr zu werden,
und sagte dann, indem er sich wieder an Hilde
wandte: »Höre, Hilde, der Tag deiner Einsegnung ist
nun vor der Tür, und wenn ich dich in die christliche
Gemeinschaft einführen soll, so mußt du christlich
sein. Ich will dich aber nicht mit dem Worte quälen,
der Geist macht lebendig, und so sage mir denn auf
*deine* Weise, was ist ein Christ?«

»Ein Christ ist, wer an Christum glaubt. Das heißt

an Christum als an den eingeborenen Sohn Gottes, der uns durch einen schuldlosen Tod aus *unserer* Schuld erlöset hat. Und darum heißt er der Erlöser. Und wer an den Erlöser und seinen Erlösertod glaubt, der kommt in den Himmel, und wer nicht an ihn glaubt, der kommt in die Hölle.«

Der Alte lächelte bei dem Schlußworte dieses Bekenntnisses und sagte: »Brav! Und ich will den wilden Schößling an deinem jungen Glaubensbaume nicht wegschneiden. Aber muß es denn eine Hölle geben? Meinst du, Hilde?«

»Ja, Herr Pastor.«

»Und warum?«

»Weil es gut und böse gibt, und schwarz und weiß, und Tag und Nacht.«

»Und von wem hast du das?«

»Von Melcher Harms.«

»Ah, von *dem*!« antwortet der Alte. »Ja, der tut es nicht anders. Und wir wollen es dabei lassen, wenigstens heute noch. Sind wir erst älter, so findet sich's, und wir reden noch darüber … Und für heute nur noch das: Martin soll den Glauben sprechen, und du sollst ihn *nicht* sprechen. Aber ich denke, du *hast* ihn, hast ihn in deinem kleinen Herzen, und ich wollt', es hätt' ihn jeder so.«

Und er streichelte sie liebevoll, als er so sprach, und setzte mit ernster Betonung hinzu: »Du hast die Zehn Gebote, Hilde. *Die* halte. Denn die haben *alles*:

den ewigen Gott und den Feiertag, und du sollst Vater und Mutter ehren, und haben das *Gesetz,* das uns hält und ohne das wir schlimmer und ärmer sind als die ärmste Kreatur. Ja, Kinder, wir haben viel hohe Bergesgipfel; aber der, auf dem Moses stand, das ist der höchste. Der reichte bis in den Himmel ... Und nun sagt mir zum Schluß, was heißt Sinai?«

»Der Berg des Lichts«, fuhren beide heraus.

»Gut. Und nun geht nach Haus und seid brav und liebet euch.«

## »Aber diesmal wird es eine Freude sein«

Weihnachten rückte heran und schon die ganze Woche vorher hieß es »aber *diesmal* wird es eine Freude sein ... so was Schönes« und wenn ich dann mehr wissen wollte, setzte die gute Schröder hinzu: »gerade was du dir gewünscht hast ... Die Mama ist viel zu gut, denn eigentlich seid ihr doch bloß Rangen.«

»Aber was is es denn?«

»Abwarten.«

Und so, fieberhaft gespannt, sahen wir dem Heilig-Abend entgegen. Endlich war er da. Wie herkömmlich verbrachten wir die Stunde vor der eigentlichen Bescherung in dem kleinen, nach dem Garten hinausgelegenen Wohnzimmer meines Vaters, das absichtlich ohne Licht blieb, um dann den brennenden Weihnachtsbaum, den meine Mama mittlerweile zurechtmachte, desto glänzender erscheinen zu lassen. Mein Vater unterhielt uns, während dieser Dunkelstunde, so gut er konnte, was ihm jedesmal blutsauer wurde. Denn wiewohl er unter Umständen, wie vielleicht nur allzu oft hervorgehoben, in reizendster Weise mit uns plaudern und uns durch freie Einfälle, die wir verstanden, oder auch nicht verstanden, zu vergnügen wußte, so war er doch ganz unfähig, etwas einer bestimmten Situation Anzupassendes, also etwas für ihn mehr oder weniger Zwangsmäßiges, leicht und unbefangen zum besten zu geben. Sonst ein so glücklicher Humorist, konnte er den richtigen Ton bei solchen Gelegenheiten nie treffen. Am Weihnachtsabend trat dies immer sehr stark hervor. Er sagte dann wohl zu sich selbst, fast als ob er sich auf eine richtige Stimmung hin präpariere: »Ja, das ist nun also Weihnachten … An diesem Tage wurde der Heiland geboren … ein sehr schönes Fest …« und hinterher wiederholte er all diese Worte auch wohl zu uns und sah uns dabei mit zurechtgemachter Feierlichkeit an. Aber eigentlich schwankte er bloß zwischen Verlegenheit und Gelangweiltsein und wenn dann zuletzt die Klingel der Mama das Zeichen gab und wir, nach dreimaligem Ummarsch um einen kleinen runden Tisch und unter Absingung eines an Plattheit nicht leicht zu übertreffenden Verses:

> »Heil, Heil, Heil,
> Heil, dreifacher Segen,
> Strahl' o heller Lichterglanz
> Unsrem Fest entgegen«

über den Flur fort in das Vorderzimmer einmarschierten, war er, mein Vater, wo möglich noch froher und erlöster als wir, die wir bis dahin doch bloß vor Ungeduld gelitten hatten.

So war es auch an dem hier zu schildernden Weihnachtsabend wieder. Unser Einmarsch, unter Absingung obiger Strophe war eben erfolgt und verwirrt und befangen, standen wir, auf den Baum starrend, um die Tafel herum, bis die Mama uns endlich bei der Hand nahm und sagte: »Aber nun seht euch doch an, was euch der heilige Christ beschert hat. Hier das – und diese Worte richteten sich speziell an mich – hier das unter der Serviette, das ist für dich und deinen Bruder. Nimm nur fort.« Und nun zögerten wir auch nicht länger und entfernten die Serviette. Was oben auf lag, weiß ich nicht mehr, vielleicht zwei große Pfefferkuchenmänner oder Ähnliches, jedenfalls etwas, was uns enttäuschte. »Seht nur weiter« und nun nahmen wir, wie uns geheißen, auch das zweite Tuch ab. Ah, das verlohnte sich. Da lagen, gekreuzt, zwei schöne Korbsäbel, also genau das (die gute Schröder hatte recht gehabt), was wir uns so sehnlich gewünscht hatten. Und so stürzten wir denn auf die Mama zu, ihr die Hände zu küssen. Aber sie wehrte uns ab und sagte auch diesmal wieder: »seht nur weiter« und in einem Aufregezustand ohne Gleichen, denn was konnte es nach diesem Allerherrlichsten noch für uns geben, wurde nun auch die dritte Serviette fortgezogen. Aber, alle Himmel, was lag da! Ein aus weißem und rotem

Leder geflochtener Kantschu, der damals, ich weiß nicht unter welcher sprachlichen Anlehnung, den Namen Peserik führte. Meine Mutter hatte erwartet, unsere Freude durch diese scherzhafte Behandlung des Themas gesteigert zu sehen. Aber, nach der Freudenseite hin, gingen meine Gedanken und Gefühle durchaus *nicht*. Ganz im Gegenteil. Ich war einfach außer mir und lief in den Garten hinaus, um da wieder zu mir selbst zu kommen, was freilich nicht glücken wollte. Die Weihnachtsfreude war hin, war an einem gutgemeinten, aber verfehlten Scherze gescheitert. Hatte ich Unrecht? Ich glaube, nein. Jedenfalls, wie ich die Sache vor 60 Jahren ansah, so sehe ich sie noch heute an. Es lag diesem Einfall eine volle Wesens- und Charakterverkennung zu Grunde. Für andere hätte es vielleicht gepaßt, für mich nicht. Ich erinnere mich, vor vielen Jahren einmal, in einem Bogumil Goltzschen Buche, das den Titel führte: »Aus meiner Kindheit« (oder so ähnlich) gelesen zu haben, er, der Verfasser, sei jedesmal glücklich gewesen, wenn der Peserik seiner Mutter aus aller Macht über ihn gekommen sei. »Um jeden Schlag schade, der vorbeiging.« Natürlich kann auch nach diesem Prinzip erzogen werden und ich will gern einräumen, daß dabei prächtige, urkräftige Jungen heranwachsen können, die für die Zukunft mehr Tüchtigkeit versprechen, und dies Versprechen auch halten, als solch empfindsames, von allerhand Eitelkeiten beherrschtes Bürschchen, wie ich eines war. Aber wenn dies auch dreimal richtig wäre, so bliebe dieser Erziehungseinfall – denn etwas Erzieherisches sollte es im letzten doch sein – in meinen Augen immer noch ebenso verfehlt. Ich konnte mich doch nicht plötzlich umwandeln; ich blieb, meinetwegen leider, genau derselbe Empfindling, der ich war, nichts an und in mir wurde besser, ich hatte nichts davon als eine Kränkung und ein verdorbenes Fest. Es gibt nun mal verschiedene Naturen und wenn es geboten sein mag, schwächer Ausgestattete zu kräftigen und zu stählen, auch wenn es diesen zunächst wehe tut, so ist doch, von den sonstigen Schwierigkeiten der Sache ganz abgesehn, die Stunde, wo der Weihnachtsbaum angezündet wird, sicherlich nicht der Zeitpunkt dafür. Es soll an diesem Abend nicht erzogen, sondern erfreut werden und der, dem diese Aufgabe zufällt und der sich ihr noch dazu freudig und liebevoll zu unterziehen trachtet, der muß sich doch notwendig die Frage vorlegen, ob der zu Erfreuende an dem, wodurch man ihn erfreuen will, auch wirklich eine Freude haben kann.

Überhaupt, der Abend an dem dies spielte, war kein rechter Glücksabend.

Es gibt eine kleine Geschichte, die sich, wenn ich nicht irre, »die Pantoffeln des Kasan« betitelt. Gerade damals mußte ich diese, die mutmaßlich aus Tausend und Einer Nacht herübergenommen war, aus

143

meinem französischen Lesebuch übersetzen. Es handelt sich darin um ein paar hübsche Pantoffeln, die jeder gerne haben möchte; sobald er sie aber hat, bringen sie ihm bloß Unglück. Ähnlich erging es mir mit den Korbsäbeln, – ich wollte sie haben und als ich sie hatte, brach das Unheil über mich herein. Allerdings war mir bis zu Eintritt der eigentlichen Katastrophe noch eine kurze Frist gegönnt, während welcher ich mich – nach Überwindung des ersten Ärgers am Weihnachtsabend selbst – wenigstens zeitweilig noch in der Vorstellung wiegen durfte, mich meines Weihnachtsgeschenkes freuen zu können. Dies hatte seinen Grund in Folgendem. Es war schon Jahr und Tag, daß ich, modern zu sprechen, auf nichts Geringeres als auf eine Armeeorganisation hinarbeitete. Doublierung meiner Streitkräfte wäre mir natürlich das liebste gewesen, da sich das aber verbot, so war ich auf Neu-Bewaffnung und mit Hülfe dieser auf eine neue Taktik, überhaupt auf ein neues Heer- und Kriegs-System aus. Der bis dahin in meiner ausschließlich mit Speer oder Lanze bewaffneten Truppe vorherrschende Gedanke war, weil ich eine heilige Scheu vor ausgestoßenen Augen hatte, durchaus auf Defensive gerichtet gewesen und hatte von Anfang an zu der Weisung geführt, in kritischen Momenten immer nur, mit Rücken an Rücken, die Speere vorzustrecken, also das zu bilden, was in der Landsknechtzeit ein Igel genannt wurde. Danach war dann auch jederzeit verfahren worden. Aber jetzt, wo die zwei Korbsäbel da waren, war es mir klar, daß es mit dem alten System vorbei sein müsse. Das beständige Stillstehen und Abwarten des feindlichen Angriffs, war langweilig und unmännlich zugleich. Und so wurde denn beschlossen, bei der gesamten Truppe statt des Speeres den ganz auf Attacke gestellten Korbsäbel und statt des unbequemen hohen viereckigen Schildes einen kleinen Rundschild einzuführen, nur gerade groß genug, das Gesicht zu decken. Es glückte das auch alles. Die Beschaffung der Säbel wurde mit Hülfe verschiedentlich erneuten Vorgehens gegen die mütterliche Wirtschaftskasse durchgesetzt und die Herstellung der Rundschilde war meine Sache. Lange bevor Ostern da war, war, was Bewaffnung angeht, der Übergang aus dem einen System ins andere bewerkstelligt. Ich versprach mir viel davon und der Umstand, daß die, jeden Mittwoch- und Sonnabend-Nachmittag, nach wie vor von uns bezogenen »Campements« ohne Störung oder Angriff von Seiten unserer Feinde – trotzdem sich etliche große, halbwachsene Jungen mit schottischen Mützen unter ihnen gezeigt hatten – verstrichen waren, bestärkte mich darin, daß wir angefangen hätten, der uns feindlichen Straßenjungenwelt zu imponieren.

Eine Weile blieb ich auch noch in dieser Täuschung. Aber, wie schon angedeutet, auch wirklich nur eine kleine Weile.

WILHELM RAABE

## Professor Feyerabends Weihnachtstraum

Nacht war es plötzlich geworden. Wo eben noch die Fenster im Tageslicht geglänzt hatten, da leuchteten sie nunmehr von innen heraus erleuchtet in den Winterabend hinein, bald mehr, bald weniger, je nachdem die Lampe war, die das Licht gab.

Es waren aber nicht die Lampen allein, die Licht gaben; hinter mancher gefrorenen Scheibe, hinter manchem Vorhang leuchtete es vielflimmerig: das waren an den »Christbäumen« die Kerzen der letzten Weihnachtsnacht, die Friedrich Feyerabend mit den Eltern und Schwester Linchen in Altershausen begangen hatte, und Fritz war wieder darin und mit dabei in seiner wunderlichen Verwandlung aus dem Wirklichen Geheimrat Professor Doktor und Gast der Wonneburgen der Walchen zum Nußknacker von seinem letzten Altershausener Weihnachtstisch; aber – die »Großen« und Schwesterchen Lina waren zu Bett gegangen – *er hatte das Fest für sich allein! In* der »Blauen Stube« war er allein mit der erloschenen Weihnachtstanne. In der *Blauen Stube* stand er nach sechzig Jahren wieder; aber sie schliefen alle, und er allein war wach geblieben, ein Nußknacker des Elternhauses; aber – *nicht der letzte.* Wie es sich ausweisen sollte! …

Das war die Blaue Stube. Da hatte eben noch seiner Mutter helles, liebes Lachen geklungen und Linchen, die neue Puppe im Arm, vom Arm des Vaters nach der höchsten Zuckerpuppe an der Lichtertanne gegriffen, als *er* – nicht Fritzchen Feyerabend – mit zur Familie und zur Blauen Stube gehörend, sich als der Nußknacker vom vorigen Jahr seinem – Nachfolger gegenüber fand! …

Aus dem Sessel am Fenster des Ratskellers, durch das Fenster und über den Markt von Altershausen war er, wenn auch in dem absonderlichen Kostüm, so doch in seiner vollkommenen Menschengröße nach Meter und Zentimeter Reichsmaß gestiegen; nun – und er wußte wiederum nicht, wie es zugegangen war – fand er sich plötzlich eingeschrumpft, zusammengefallen, auf das Maß von seinesgleichen – Nürnberger Fabrikmaß – herabgesunken, und, bei einem neuen Blick an sich herunter: *wie sah er jetzt aus!* …

Wie hatten eben noch im Sonnenschein auf dem Markt der rote Frack, die weiße Weste, die gelben Hosen und die Husarenstiefel geleuchtet! Und nun? So schlimm wie mit dem, den in Nizza Karl Buttervogel aus dem Kehricht auflas, war es ja wohl nicht mit ihm; aber arg war's doch, und er hätte nimmer gedacht, daß er sich je so schäbig selber vorkommen könne wie jetzt in der Blauen Stube. Und wenn Hosen, Jacke und Weste noch das Schlimmste gewesen wären! Das, was in der roten Jacke, den gelben Hosen, den ritterlichen Stiefeln gesteckt und hochaufgerichtet die Wonneburgen der Walchen durchschritten hatte, wie knickebeinig war das in der Blauen Stube, der Weihnachtsstube des Elternhauses des Jahres 18?? !? Knacke einer mal Erdennüsse bis zu seinem siebenzigsten Geburtstage und behalte er die vordem so genialisch »grellblauen Augen« und lasse er nicht den seinerzeit so glänzend schwarzen Schnauzbart greis, dünn, abgerupft über die »alt und müde gewordenen Lippen« hängen! …

Und was war denn das? Wie kam er von dem Pflaster des Markts von Altershausen auf den Weihnachtstisch der Blauen Stube? Hätte er die Hand von der Hosennaht, auf der sie festlag, losmachen können, so konnte er sie grade auf das Dach der Arche Noah neben ihm legen!

Das war nun seine körperliche Höhe, und seine Gefühle dazu waren plötzlich die eines Nußknackers mit müden Kinnbacken. Das Seltsamste aber war, daß er die Blaue Stube mit den Bildern der Großeltern an der Wand und allem übrigen als etwas Selbstverständliches nahm; aber als etwas ebenso Selbstverständliches, daß alles, was sonst dazu gehörte: Vater, Mutter, Schwesterchen, Hund und Katze, Knecht und Magd nicht dabei war; daß alles zu Bett gegangen war und er niemand vermißte: *Er, der Nußknacker vom Feste vergangenen Jahres!* Und als der Nußknacker vom vorigen Jahr hatte er sie alle, alle um sich, die nun neu aus der Schachtel gekommen waren, die ganze große Familie aus Holz, Papiermaché, Blech, Zinn, Leder, Tüll, Gaze, Gold- und Silberflitter, der Welt buntesten Farbenkasten nicht zu vergessen!

Was war denn aber das? War das nicht das Gesicht seines Nachfolgers im Amte, auf dem Lehrstuhl, in der Wissenschaft, in den Glanzsälen der Wonneburgen der Walchen und im Verehrungsbedürfnis der Menschheit?

Nein, es war nur der neue Nußknacker, der vom diesmaligen Heiligen Abend. Frisch aus der gegenwärtigen Kulturentwicklung mit schwärzestem Schnauzbart, rotestem Rock, leuchtendstem Federbusch, gelbester Weste, weißesten Beinkleidern und – in Stiefeln, wie er sie getragen hatte und sie für die seinigen halten konnte, wenn er sich nicht an die *seiner* Vorgänger hätte erinnern müssen.

»Guten Abend, Kollege!«

Er fuhr auf die unvermutete, höfliche, ja achtungsvolle Anrede ein wenig in sich zusammen; aber schon versammelten sie sich alle um ihn in der Blauen Stube seines Vaterhauses zu Altershausen – die Puppen, die jetzt am Reich waren und es festzuhalten glaubten.

*Er hatte sich über den Empfang nicht zu beklagen;* Komplimente hatte er zu erwidern nach allen Seiten hin und Blicke und Grüße, die wirklich vom Herzen zu kommen schienen; bis es plötzlich aus dem untersten Gezweig der Tanne, hinter dem Noahkasten her, kreischte: »Er hält sich ja gar nicht mehr auf den Beinen, der Alte. Darf ich Ihnen meinen Arm bieten, Herr Geheimrat?«

Es war die Rute, die selbstverständlich beim Feste nicht fehlen durfte und jetzt mit einem in allen sieben Farben des Prismas spielenden Bande um die Taille herwackelte, die alte, scheußliche, unfruchtbare Megäre, und grinste: »Vom Anfang der Affenkomödie warte ich auf Sie, Herr! Sind Sie endlich da, um mir zu helfen, dem Gesindel zu sagen, was es wert ist? Kritik, Kritik, Alterskritik! Sagen Sie, zeigen Sie durch und an sich selber der jungen Narrenwelt, worauf alle ihre Herrlichkeit hinausläuft. Kommen Sie, Gerippe – wurmstichiger Klotz, lassen Sie sich besehen – von allen Seiten, von dem Torenvolk auf seine vergängliche Farbenpracht hin besehen. Begehen, feiern Sie jetzt die wirklich schönste Stunde Ihres Daseins, machen Sie es der Krapüle von heute deutlich, was Sie Ihrer Zeit wert gewesen sind: ich stelle mich Ihnen mit allen meinen Reisern und Kräften zur Verfügung, Herr Professor! Verwenden Sie mich, wie und wo es Ihnen beliebt, Herr Doktor; es wird mich freuen, dadurch in Erfahrung zu bringen, wieviel Gift und Galle Sie durch Ihre siebenzig Jahre in sich hineingeschluckt haben. Sehen Sie doch auch, wie ich nur Ihretwegen für diese Nacht Toilette gemacht habe!«

Geheimer Rat Professor Dr. Feyerabend war's, der als Nußknacker vom vorigen Jahre doch für einen Augenblick imstande war, den rechten Arm von der verblaßten gelben Hose loszubinden und den regenbogenfarbigen Schleifenzipfel, der ihm unter die abgeblätterte Nase hingehalten wurde, damit von sich wegzuschlagen, und zwar mit einem Kraftwort aus der Walchen Wonneburgen: »Via, puttanaccia! und ihr, Kinder, junges Volk, da ich noch dabei bin, so gönnt mir eure Gesellschaft und nehmt mit meiner vorlieb. Ertragt noch für ein Viertelstündchen den Alten mit seinen Abgebrauchtheiten, Grillen und Schrullen. Gönnt mir mich noch einen Augenblick unter euch!«

Ein allgemeines »Ah!« und liebenswürdiges Zudrängen ging durch die Versammlung in der Blauen Stube. Ja, sie gönnten ihm sich unter sich – nein, sie waren sogar so liebenswürdig, sich ihm zu gönnen – alle, alle, der ganze Weihnachtstisch: Bürgerliches Volk, Kriegs- und Hofleute, schöne und schönste Damen in allen Kostümen der Puppenstube und die ganze Menagerie, wie sie Vater Noah mit in die Arche nahm, – alle, alle liebenswürdig, zärtlich, immer zärtlicher, immer liebenswürdiger.

Was wollte die Rute in dem glänzenden, duftenden, leuchtenden Gedränge edelsten Puppentums, das ihn umgab, umrauschte, umflüsterte, ihn, den Nußknacker vom vorigen Jahr?

»Hinter den Spiegel, Popanz!«, und mit einem schrillen, zirpenden Schrei, wie ein Hadesgeist aus der Odyssee, entschwirrte die Bestie – »Krikrikri-kriki-tiiiik.« Sie verzog sich nach dem Wort aus dem Volke, die Schöngegürtete, und wurde nicht mehr gesehen bis auf einen Zipfel des siebenfarbigen Bandes, der hinter dem Spiegelrahmen in der Blauen Stube hervorhing, aus der Welt vor sechzig Jahren stammte und – nur an mütterliche Liebe und Sorgen erinnerte.

Wie kam das junge, süße, lockige Kind in rosa Flor, das die Augen nicht nur niederschlagen, sondern sie auch aufmachen konnte, himmelweit und himmelblau, an seine Seite? Wie kam der Blumenstrauß in das Knopfloch seiner schäbigen Husarenjacke?

»Ihr Lieben, Lieben, lasset mir Luft, ihr Lieben!« stammelte Geheimrat Feyerabend. »Ihre Hand, Nachfolger im Reich des Nüsseknackens! Liebchen, junges Leben, lassen Sie mir auch die Ihrige und mit beiden die Gewißheit, daß die Welt nicht untergeht; trotz des Kehrbesens, der morgen meiner wartet!« …

Ein Laut allgemeiner entrüsteter Mißbilligung ging durch unseres Herrgotts ganze Nürnberger-Tand-Schöpfung – eine höfliche Abweisung des melancholischen Worts, die sogar aus dem Herzen kam; denn selbst Püppchen eben aus der Schachtel hatte ein Gefühl, daß ihre Sache mit verhandelt werde, und flüsterte dem Alten zu:

»O nein, nein, nein! O bitte, sagen Sie doch so was nicht! Bitte, bitte, Exzellenz!«

Ein junger Offizier, ebenfalls neu aus der Schachtel, der ihr zulächelte, brachte sie aber sofort von dem betrüblichen Thema ab und auf das immer Wichtigste. Sie nahm seinen Arm, und auch alle übrigen hatten sich bald an dem Helden vom vorigen Jahr satt gesehen. Zuletzt hatte er es eigentlich nur noch mit seinem jugendfrischen, frischlackierten Ersatzmann zu tun und – gottlob! – er konnte ihn anlächeln mit herzlichem Wohlwollen und den besten Wünschen. Übrigens ist's manchmal gar nicht unangenehm, einer »Neuwelt« als Gespenst zu erscheinen, wenn es nur »ganz in Stahl« geschieht, und der verbrauchte Nußknacker in der Blauen Stube seines Vaterhauses hatte so eine Art von Gefühl davon, als ob das augenblicklich der Fall sein könne.

Es war ja aber auch in der Blauen Stube, und er war darin nicht die wissenschaftliche Größe seines siebenzigsten Geburtstages, sondern nur der Nußknacker vom vorigen Jahrgange, dem des jetzigen gegenüber. Und, er wußte nicht, wie's zuging, als Holz, wurmstichiges Holz und Lack, bunten, aber abblätternden, verblaßten Lack fühlte er sich noch, jedoch seine Gliedmaßen hatte er sämtlich wieder zu freier Verfügung. Er konnte seinem Nachfolger die Hand auf die Schulter legen und ihn freundlich auf den Glanz der frisch funkelnden Epauletten klopfen:

»Überwinden Sie Ihr Mißbehagen über meine Gegenwart bei Ihrem Feste, lieber Kollege! Ich habe Ihren augenblicklichen seelischen Mischmasch von Triumph und Katzenjammer ebenfalls in meinen Daseinsnotizen. Ich gehe und Sie kommen – wir werden nicht alle! Ich habe meine Freude an Ihnen, Kollege, also lassen Sie auch mir meine so vergänglich gewesenen Genugtuungen! Sie machen ein Gesicht, als ob Sie glaubten, ich scherze boshaft; aber wirklich, es würde mir eine posthume größte Genugtuung sein, wenn es Ihnen gelingen würde, alle durch mich getäuschten Erwartungen zu erfüllen! Sie erlauben wohl –«

Wirklicher Geheimrat Professor Doktor Feyerabend griff eine Nuß unter dem Weihnachtsbaum in der Blauen Stube, der Weihnachtsstube seines Vaterhauses, auf, schob sie dem Nachfolger im Reich irdischen Erfolges zwischen die weiß glänzenden jungen Zähne, faßte ihm um die Schulter herum nach dem Zopf und – drückte – drückte, und – es knackte. *Er* knackte, der Kronenerbe, er knackte trefflich; aber – – – sie kamen ja beide, der Alte wie der Junge, aus der nämlichen renommierten Fabrik, und wenn auch die Welt, wie sie war, nicht unterging: viel an-

ders wurde sie auch nicht durch den neuen Ersatzmann ...

Den Kern der eben geknackten vergoldeten Nuß
in der Hand, sagte der Alte lächelnd:

»Die Welträtselnuß war es noch nicht, die durch
Ihre Vermittelung ihr Innerstes herausgab, lieber
Kollege. Das Resultat ist diesmal recht gut. Knacken
Sie ruhig weiter, es gibt immer noch Besseres, und –
wenn Sie sich müde gekaut und geknackt haben und
ernüchtert vor dem Schalenhaufen stehen, dann machen Sie's wie ich: ärgern und grämen Sie sich nicht!
Zu seinem Ärger und Überdruß hat man doch
manchmal seinen Spaß und sein Vergnügen und zu
seinen Schanden seine Ehren. Sehen Sie sich auf dem
Tische um: vorm Jahr, als ich hier jung war, war's dieselbe Gesellschaft um mich her.«

»Es wird weitergeknackt!« schluchzte der Nachfolger im Erdengeschäft. Er brachte zwar in der Um-
armung des verbrauchten Seniors die Arme nicht
vom Leibe los, aber zwei Harztränen entrangen sich
dem Zirbelholz, aus dem er gedrechselt war. Und
rundum in der alten Blauen Stube duftete es immer
lieblicher und glänzte es immer bunter und zauber-
hafter. Die vom Vater Feyerabend ausgeblasenen
Wachslichter an der Tanne flammten dem Sohn zur
Nachfeier seines siebenzigsten Geburtstags noch mal
auf, aber mit magischem Licht sub specie aeterni-
tatis. Der ganze Weihnachtstisch, die Arche Noah

nicht ausgeschlossen – die Sündflut-Schiffbauer, den bösen Ham eingeschlossen – alles, alles erhob sich zum Jubelruf:

»Es wird weitergeknackt!«

Nur – die Schönste – die wunderschöne junge Dame mit der Courschleppe und dem rosigen Wachsgesichtchen, jene Reizendste, Jüngste, die vorhin zuerst mitleidig dem verjährten Krüppel das lebenswarme weiße Händchen hingehalten hatte, sie schlug plötzlich die Hände mit dem Spitzentaschentuch vor die Augen und weinte bitterlich.

Und nunmehr war es nicht mehr der Nußknacker vom vorigen Jahr von dem Weihnachtsabend vor sechzig Jahren: es war wieder der Wirkliche Geheimrat Professor Doktor Feyerabend, der in der Blauen Stube stand und seufzte – nicht mehr das Wort an den Nachfolger richtend:

»Ja, was soll man den armen Kindern zum Troste sagen? Daß ihre Töchter so schön werden wie sie?« …

Es war wahrlich nicht mehr der Nußknacker vom vorigen Jahr, sondern es war der Wirkliche Geheimrat Feyerabend, der die alte Jette, seine alte Jette, in der Blauen Stube des Vaterhauses am Markt zu Altershausen brummen hörte:

»Sapperment, wie kommt denn die alte Kröte da untern Weihnachtstisch? Aber du kommst mir grade recht zum Feueranmachen! Da Fritzchen nun einen neuen hat, wird er nach dem alten Greul wohl nicht mehr suchen – – –«

»Herr Doktor verzeihen, wenn ich anfrage, ob ich Herrn Doktor den Kaffee auf dem Zimmer servieren soll?« fragte der Oberkellner im Ratskeller zu Altershausen.

## Die Weihnachtsmesse

Nie ist mir die Unterhaltung verständlich geworden, die ich vor vielen Jahren mit einer jungen Frau geführt habe, als ich siebzehn Jahre alt war und sie dreißig. Es war am Weihnachtsabend. Da ich mit einem Nachbarn vereinbart hatte, gemeinsam mit ihm zur Mitternachtsmesse zu gehen, beschloß ich, mich nicht schlafen zu legen; er hatte mich gebeten, ihn kurz vor zwölf Uhr zu wecken.

Das Haus, in dem ich wohnte, gehörte dem Notar Meneses, der in erster Ehe mit einer meiner Kusinen verheiratet gewesen war. Seine zweite Frau, Conceição, und ihre Mutter hatten mich gastfreundlich aufgenommen, als ich vor einigen Monaten aus Mangaratiba nach Rio de Janeiro gekommen war, um mich für die Aufnahmeprüfungen der Universität vorzubereiten. In jenem zweistöckigen Haus der Rua do Senado lebte ich in den Tag hinein, ich hatte meine Bücher, kannte nur wenige Menschen und machte gelegentlich einen Spaziergang. Die Familie war klein; sie bestand aus dem Notar, seiner Frau, der Schwiegermutter und zwei Sklavinnen. Es war ein altmodischer Haushalt. Gegen zehn Uhr abends gingen alle zu Bett, um halb elf Uhr lag das Haus in tiefem Schlaf. Ich war noch nie im Theater gewesen, und mehr als einmal, wenn ich Meneses sagen hörte, er ginge abends ins Theater, bat ich ihn, mich doch mitzunehmen. Bei derartigen Gelegenheiten schnitt die Schwiegermutter eine Grimasse, und die Sklavinnen grinsten verstohlen; er aber antwortete nicht, zog sich an und kam erst gegen Morgen heim. Später erfuhr ich, daß das Theater eine Ausrede war. Meneses hatte nämlich eine Affäre mit einer geschiedenen Frau und schlief einmal in der Woche außer Haus. Anfangs hatte Conceição darunter gelitten, daß ihr Mann ein Verhältnis hatte, sich dann aber mit diesem Zustand abgefunden, sich sogar an ihn gewöhnt, und zwar so weit, daß sie ihn zu guter Letzt als völlig normal empfand.

Die gute Conceição! Man nannte sie eine Heilige, eine Bezeichnung, die sie verdiente, so leicht ertrug sie es, von ihrem Mann vernachlässigt zu werden. Tatsächlich hatte sie ein gemäßigtes Naturell, sie kannte keine Höhen und auch keine Tiefen, weder Freudenausbrüche noch Tränenströme. Zu der Zeit, als ich sie kannte, hätte sie sogar eine Mohammedanerin abgeben können, so willig hätte sie sich mit einem Harem abgefunden, sofern der Schein gewahrt geblieben wäre. Gott verzeih mir, wenn ich sie falsch beurteile. Alles an ihr war leblos und blaß, selbst ihr Gesicht war mittelmäßig, weder hübsch noch häßlich. Sie war das, was man eine sympathische Frau nennt. Sie sprach über niemanden ein böses Wort und verzieh alles. Haß war ihr fremd; vielleicht wußte sie nicht einmal, was Liebe war.

An jenem Weihnachtsabend ging der Notar ins Theater. Es war im Jahre 1861 oder 1862. Ich hätte für die Weihnachtsferien schon wieder in Mangaratiba sein sollen, blieb jedoch während der Feiertage in der Stadt, um »die Weihnachtsmesse am Hof« mitzuerleben. Die Familie meiner Gastgeberin ging zur üblichen Stunde schlafen; ich setzte mich fertig angezogen ins Wohnzimmer, das zur Straße hin lag. Von dort aus konnte ich später durch die Diele hinausgelangen, ohne dabei jemanden im Schlaf zu stören. Es waren drei Hausschlüssel vorhanden; den einen hatte der Notar, den anderen würde ich mitnehmen, der dritte blieb am Nagel hängen.

»Aber Senhor Nogueira, was werden Sie die ganze Zeit tun?« fragte mich Conceiçãos Mutter.

»Ich werde lesen, Dona Inácia.«

Ich hatte einen Roman mitgebracht, *Die drei Musketiere,* ich glaube, in einer alten Übersetzung des *Jornal do Comércio.* Ich setzte mich an den Tisch, der in der Mitte des Zimmers stand, und während das Haus schlief, bestieg ich beim Schein der Petroleumlampe wieder einmal den mageren Klepper D'Artagnans und zog auf Abenteuer aus. Bald hatte Dumas mich völlig berauscht. Im Gegensatz zu sonstigen Wartezeiten verflogen die Minuten. Kaum hörte ich die Uhr elf Uhr schlagen. Dann aber riß mich ein schwaches Geräusch von drinnen aus meiner Lektüre, es waren Schritte, die aus dem Besuchssalon ins Eßzimmer gingen. Ich hob den Kopf; gleich darauf sah ich Conceição auf der Schwelle der Wohnzimmertür stehen.

»Sind Sie noch nicht fort?« fragte sie.

»Nein, ich glaube, es ist noch nicht Mitternacht.«

»Wie geduldig Sie sind!«

Conceição trat ein, die Schlafzimmerpantöffelchen nachschleifend. Sie trug einen weißen Morgenrock, der um die Taille lose geknüpft war. Da sie sehr schlank war, wirkte sie romantisch, was gut zu meinem Abenteuerroman paßte. Ich schloß das Buch; sie nahm auf einem Stuhl mir gegenüber Platz, nahe am Kanapee. Als ich sie fragte, ob ich sie durch ein unbeabsichtigtes Geräusch geweckt hätte, antwortete sie sogleich:

»Keineswegs! Ich bin von allein aufgewacht.«

Ich warf ihr einen prüfenden Blick zu und bezweifelte ihre Behauptung. Ihre Augen sahen nicht nach Schlaf aus, vielmehr schien es, als habe sie sie noch keine Minute geschlossen. Diese Möglichkeit wies ich jedoch rasch von mir, ohne dabei zu überlegen, daß sie vielleicht gerade meinetwegen nicht geschlafen und nur gelogen hatte, um mich nicht zu bekümmern oder zu langweilen. Ich sagte bereits, daß sie gut, herzensgut war.

»Es muß bald soweit sein«, sagte ich.

»Wieviel Geduld Sie haben, zu wachen und zu warten, während der Freund aus der Nachbarschaft schläft! Und dabei allein zu warten! Fürchten Sie sich nicht vor den Geistern des Jenseits? Ich hatte Sorge, Sie könnten erschrecken, als Sie mich sahen.«

»Als ich Schritte hörte, war ich zunächst verwundert, aber dann waren Sie auch schon da.«

»Was lesen Sie da? Sagen Sie's nicht, ich weiß, es ist der Roman von den *Musketieren*.«

»Sie haben's erraten. Er ist wundervoll.«

»Lieben Sie Romane?«

»Sehr.«

»Haben Sie schon die *Moreninha* gelesen?«

»Von Dr. Macedo? Ja. Ich besitze das Buch in Mangaratiba.«

»Ich schwärme für Romane, lese aber wenig, aus Zeitmangel. Welche Romane haben Sie gelesen?«

Ich begann einige Namen aufzuzählen. Conceição hörte zu, den Kopf zurückgelehnt, und blickte mich durch halbgeschlossene Lider unverwandt an. Von Zeit zu Zeit befeuchtete sie die Lippen. Als ich zu Ende gesprochen hatte, sagte sie nichts; so verharrten wir einige Sekunden. Dann richtete sie den Kopf auf, verschränkte die Hände, lehnte das Kinn darauf und stützte die Ellbogen auf die Armlehnen, ohne ihre großen, forschenden Augen von mir abzuwenden.

Vielleicht langweilt sie sich, dachte ich.

Und schon sagte ich laut:

»Dona Conceição, ich glaube, es ist an der Zeit, daß ich …«

»Nein, nein, es ist noch früh. Ich habe erst vorhin auf die Uhr geschaut. Es ist halb zwölf. Sie haben noch Zeit. Wenn Sie die ganze Nacht auf sind, werden Sie dann morgen nicht todmüde sein?«

»Ich bin's schon gewöhnt.«

»Ich nicht. Wenn ich eine Nacht durchwache, bin ich am nächsten Tag zu nichts zu gebrauchen und muß unbedingt ein Schläfchen machen, und wenn's nur eine halbe Stunde ist. Aber ich bin ja auch schon alt.«

»Sagen Sie das nicht, Dona Conceição!«

Ich hatte mit soviel Wärme gesprochen, daß sie unwillkürlich lächelte. Gewöhnlich waren ihre Gebärden träge, ihr Gebaren ruhig; nun aber stand sie rasch auf, ging zum anderen Ende des Wohnzimmers und machte ein paar Schritte zwischen dem Fenster, das zur Straße führte, und dem Arbeitszimmer ihres Mannes hin und her. In ihrer sittsamen Unordentlichkeit wirkte sie sehr eigenartig auf mich. Wenngleich schlank, hatte sie einen wiegenden Gang, als fiele es ihr schwer, ihr Gewicht zu tragen, ein Zug, der mir an jenem Abend besonders auffiel. Sie blieb mehrmals stehen, prüfte ein Stück des Vorhangs oder rückte einen Gegenstand auf der Etagere zurecht. Schließlich machte sie vor dem Tisch, der uns trennte, halt. Ihr Horizont war beschränkt; wieder sprach sie ihre Verwunderung darüber aus, daß ich die Nacht durchwachte. Ich wiederholte das, was sie bereits wußte, das heißt, daß ich noch nie eine Weihnachtsmesse am Hof gehört hätte und sie diesmal um keinen Preis missen wollte.

»Es ist die gleiche Messe wie auf dem Land, alle Messen sind gleich.«

»Das mag sein, aber hier wird sie sicherlich mit mehr Pomp gefeiert, auch werden viel mehr Menschen zugegen sein. Hören Sie, die Karwoche ist doch am Hof auch viel schöner als auf dem Land. Von Sankt Johannis will ich nicht reden, auch nicht von Sankt Anton …«

Sie lehnte sich vor, stützte die Ellbogen auf die Marmorplatte des Tisches und bettete das Gesicht zwischen die Handflächen. Da ihre Ärmel nicht zugeknöpft waren, fielen sie zurück, so daß ich ihre Unterarme sehen konnte, die hellhäutig und nicht so mager waren, wie man hätte vermuten können. Ihr Anblick war für mich zwar nicht neu, aber auch nicht gerade alltäglich; in jenem Augenblick jedoch war der Eindruck überwältigend. Die Adern waren so blau, daß ich sie trotz der schwachen Beleuchtung von meinem Platz aus zählen konnte. Conceiçãos Gegenwart machte mich noch wacher als das Buch. Ich fuhr fort, mich darüber zu verbreiten, was ich von den Kirchenfesten auf dem Lande und in der Stadt hielt sowie von anderen Dingen, die mir gerade einfielen. Ich sprach und sprach, sprang von einem Thema zum anderen, kehrte willkürlich zum Ausgangspunkt zurück und lachte, um ihr ein Lächeln zu entlocken und ihre schneeweißen, ebenmäßigen Zähne zu sehen. Ihre Augen waren nicht gerade schwarz, aber dunkel; ihre Nase, dünn und lang und leicht gebogen, verlieh dem Gesicht einen fragenden Ausdruck. Als ich die Stimme ein wenig hob, wies sie mich zurecht:

»Leiser! Sonst wacht Mama auf.«

Dabei gab sie aber ihre Stellung nicht auf, die mir ausnehmend gut gefiel, weil unsere Gesichter ganz nahe beieinander waren. Tatsächlich war es nicht nötig, laut zu sprechen, um sich verständlich zu machen. So flüsterten wir beide, ich noch mehr als sie, weil ich mehr redete. Dann und wann wurde sie ernst, tiefernst, und runzelte die Stirn. Endlich wurde sie müde und änderte Stellung und Haltung. Sie stand auf, umschritt den Tisch und setzte sich neben mich aufs Kanapee. Ich wandte mich zu ihr und konnte einen verstohlenen Blick auf ihre Pantoffelspitzen werfen; aber kaum hatte sie sich gesetzt, verschwanden sie sofort unter ihrem langen Negligé, ich erinnere mich daran, daß sie schwarz waren. Conceição sagte leise:

»Mama schläft zwar weit weg, hat aber einen federleichten Schlaf. Wenn sie jetzt aufwachte, würde sie so bald nicht wieder einschlafen.«

»Mir würde es ähnlich gehen.«

»Was?« fragte sie, sich vorbeugend, um besser hören zu können. Ich setzte mich auf den Stuhl neben dem Kanapee und wiederholte meine Worte. Sie lachte über die Zufälligkeit, auch sie hatte einen leichten Schlaf; somit hatten wir alle drei einen leichten Schlaf.

»Es kommt vor, daß es mir wie Mama geht. Ich wache auf, kann nicht wieder einschlafen, wälze mich erst im Bett herum, stehe dann auf, zünde eine Kerze an, gehe spazieren, lege mich wieder hin – alles umsonst.«

»Und so ist es Ihnen heute ergangen.«

»Nein, nein«, warf sie ein.

Ich verstand ihr Verneinen nicht, vielleicht verstand sie es selber kaum. Sie ergriff die beiden Enden ihres Gürtels und schlug mit ihnen gegen die Knie, das heißt gegen das rechte Knie, da sie gerade die Beine übereinandergeschlagen hatte. Dann erzählte sie von einem Traum und berichtete, sie habe nur einen einzigen Alptraum in ihrem Leben gehabt, und zwar als Kind. Sie wollte wissen, ob ich auch Alpträume erlebt hätte. So kam die Unterhaltung wieder in Fluß und schleppte sich geruhsam, gemächlich hin, so daß ich die Uhrzeit und die Mitternachtsmesse völlig vergaß. Sobald ich eine Erzählung oder eine Erklärung beendete, erfand sie sofort eine neue Frage oder einen neuen Stoff, und wieder ergriff ich das Wort. Von Zeit zu Zeit mahnte sie:

»Leiser, leiser …!«

Es entstanden auch Pausen. Zweimal schien es mir, als wolle sie einschlafen; aber schon öffnete sie ihre Augen, die sekundenlang geschlossen gewesen waren, ohne den geringsten Anschein von Müdigkeit, als hätte sie sie nur zugemacht, um besser sehen zu können. Bei einer dieser Gelegenheiten schien sie zu merken, daß ich völlig von ihr eingenommen war; ich erinnere mich daran, daß sie sie von neuem schloß, ich weiß nur nicht mehr, ob hastig oder langsam. Einige Bilder jener Nacht sind vertauscht oder verschwommen. Ich fühle, daß ich mir widerspreche und ins Faseln gerate. Einer jener Eindrücke, die mir frisch im Gedächtnis haftengeblieben sind, ist der, daß sie, die im Grunde nur sympathisch war, mit einemmal schön, wunderschön wurde.

Jetzt stand sie mit verschränkten Armen da, aus Höflichkeit wollte ich aufspringen, vermochte es aber nicht, weil sie eine Hand auf meine Schulter legte und mich zwang, sitzen zu bleiben. Ich mühte mich, etwas zu sagen; sie aber erbebte, als liefe ihr ein kalter Schauer über den Rücken, wandte sich ab und setzte sich wieder auf den Stuhl, auf dem ich lesend gesessen hatte, als sie mich überraschte. Dann warf sie einen Blick in den Spiegel, der über dem Kanapee hing, und sprach von den Bildern, die die Wände schmückten.

»Diese Bilder sind schon alt. Ich habe Chiquinho schon gebeten, neue zu kaufen.«

Chiquinho war ihr Mann. Die Bilder sprachen für seinen Geschmack. Eines stellte Cleopatra dar, an die Darstellung auf dem anderen erinnere ich mich nicht mehr, jedenfalls waren Frauen darauf abgebildet. Beide Drucke waren alltäglich, zu jener Zeit schienen sie mir jedoch nicht unschön zu sein.

»Sie sind schön«, sagte ich

»Das sind sie, aber sie sind schon fleckig. Außerdem möchte ich lieber Heiligenbilder haben, Bilder von zwei Heiligen. Diese hier passen besser in ein Junggesellenzimmer oder in einen Friseursalon.«

»In einen Friseursalon? Sicherlich sind Sie noch nie bei einem Herrenfriseur gewesen.«

»Ich kann mir aber vorstellen, daß die Kunden beim Warten über Weiber und Liebschaften reden und daß der Friseur sie mit gefälligen Abbildungen erheitern will. Für ein anständiges Heim finde ich diese Bilder höchst unpassend. So denke ich wenigstens, aber ich denke oft mancherlei Absonderliches, ich weiß. Wie dem auch sei, ich mag sie nicht. Ich habe eine Mutter Gottes von der Unbefleckten Empfängnis, die meine Schutzheilige ist, ein wunderschönes Stück, aber es ist ein Schnitzwerk, das sich nicht an die Wand hängen läßt, abgesehen davon, daß ich es ungern hier aufstellen würde. Es steht in meinem Gebetsschrein.«

Das Wort Gebetsschrein rief mir die Messe ins Gedächtnis zurück, ich dachte, es könne vielleicht schon zu spät sein, und wollte es sagen. Ich glaube, ich brachte sogar den Mund auf, schloß ihn jedoch sofort wieder, um zu hören, was sie zu erzählen hatte, und sie tat es mit so viel Zauber, Anmut und Sanftheit, daß meine Seele träg wurde und ich Messe und Kirche vollständig vergaß. Sie sprach von ihrer Frömmigkeit als Kind und junges Mädchen. Dann gab sie längst verjährten Ballklatsch zum besten, erzählte von Ausflügen, kramte Erinnerungen von der Insel Paquetá aus, alles durcheinander und ohne abzusetzen. Als sie genug von der Vergangenheit hatte, ging sie auf die Gegenwart über; nun kam ihr Haushalt an die Reihe, häusliche Sorgen, die man ihr vor ihrer Heirat als unüberwindlich dargestellt hatte, die aber nach ihrer Erfahrung ganz geringfügig seien. Daß sie mit siebenundzwanzig geheiratet hatte, wußte ich, aber sie erwähnte es nicht.

Nun wechselte sie nicht mehr ihren Platz wie anfangs und veränderte auch nicht mehr die Stellung. Nun machte sie auch nicht mehr große Augen, sondern ließ den Blick ruhig über die Wände gleiten …

»Wir müssen das Wohnzimmer neu tapezieren lassen«, sagte sie bald darauf, als spräche sie mit sich selbst.

Ich stimmte zu, um etwas zu sagen, um jene magnetische Benommenheit abzuschütteln oder was sonst mir Sprache und Sinne lähmen mochte. Ich wollte die Unterhaltung beenden und wollte es auch nicht; ich mühte mich, den Blick von ihr loszureißen, aus einem Gefühl der Achtung heraus. Aber die Furcht, sie könne glauben, ich langweile mich, was nicht der Fall war, führte mich dazu, den Blick wieder auf Conceição zu heften. Allmählich schlief die Unterhaltung ein. Auf der Straße war es totenstill.

Eine Weile noch – wie lange, weiß ich nicht – verharrten wir in völligem Schweigen. Das einzige Geräusch war ein rattenähnliches Nagen im Arbeitszimmer, das mich aus jener Betäubung riß; ich wollte es erwähnen, wußte aber nicht, wie. Conceição schien in Gedanken versunken zu sein. Plötzlich hörte ich, wie von außen ans Fenster geklopft wurde, hörte eine Stimme, die brüllte: »Weihnachtsmesse! Weihnachtsmesse!«

»Das ist Ihr Freund«, sagte sie und stand auf. »Das ist wirklich komisch. Sie wollten ihn wecken, und nun muß er Sie hier wachrütteln. Laufen Sie, es muß schon spät sein. Adieu.«

»Ob es schon an der Zeit ist?« fragte ich.

»Natürlich.«

»Weihnachtsmesse!« ertönte es draußen wieder, und wieder wurde gegen die Fensterscheibe getrommelt.

»Los, los, lassen Sie nicht auf sich warten! Es war meine Schuld. Leben Sie wohl, auf Wiedersehen bis morgen.«

Und mit ihrem wiegenden Gang verschwand Conceição leise im Hausflur. Ich trat auf die Straße hinaus und fand den Freund, der auf mich wartete. Schnurstracks eilten wir zur Kirche. Während der Messe schob sich Conceiçãos Gestalt mehrmals vor den Priester – was auf Rechnung meiner damaligen siebzehn Jahre gehen mochte. Am darauffolgenden Morgen berichtete ich beim Frühstück von der Mitternachtsmesse und den Leuten, die in der Kirche gewesen waren, ohne damit Conceiçãos Neugierde zu entfachen. Im Verlauf des Tages fand ich sie wieder wie immer, natürlich und liebevoll, ohne daß irgend etwas in ihrem Benehmen an unsere Unterhaltung vom Vorabend erinnert hätte. Über Neujahr fuhr ich nach Mangaratiba. Als ich im März wieder nach Rio de Janeiro kam, war der Notar an einem Gehirnschlag gestorben. Conceição wohnte jetzt in Engenho Novo, aber ich besuchte sie nicht und begegnete ihr auch anderswo nicht. Später hörte ich, daß sie den Schreiber ihres Mannes geheiratet hatte.

## Advent

Die Zeit schläft. Sie hat sich in die Federflaumen des Schnees oder in die Schlafhaube der Dezembernebel vermummt und fröstelt in Fieberträumen. Nur wenige Stunden des Tages schlägt sie die trüben Augen auf, erwartungsvoll ausblickend nach des Verheißenen Ankunft. Advent! – So kann's nicht bleiben, anders muß es werden; – aber wer soll denn kommen? Der Erlöser, sagt der Prediger; der Jahrlohn, sagt der Dienstbote; die Weihnachtsgabe, sagen der Arme und das Kind; die Feiertage mit dem Christbraten, sagt der Bauer.

Und – Apollo, der Sonnenwender, sagt die Zeit. Wahrhaftig, die Sonne ist lahm und siech, die vermag gar nicht mehr hoch zu steigen; sie spaziert ihre paar Stündlein des Tages dort über den beschneiten Berghalden hin und hüllt sich dicht in Nebelmäntel, daß sie sich ja nicht erkälte. Jeder Strauch hat sich eine weiße Decke über die Ohren gezogen; jeder Baum hat sich eine weiße Pelzhaube machen lassen – weiß ist sehr in der Mode. Der Teich hat sich eine tüchtige Winterfensterscheibe überfrieren lassen, der Bach hat sich einen kristallenen Kanal gewölbt, und der Hansel hat sich ein neues Paar Handschuhe stricken lassen aus weißer Schafwolle.

Ei, wäre dem Haushahn der Schnabel verfroren! Aber kaum der Nachtwächter zur Ruhe gekommen, hebt der Hahn an zu krähen, und das ist schon um drei oder vier Uhr, und der Hansel muß sein liebes Strohnest in der Stallkammer verlassen. Es ist diesmal das Dreschen noch nicht aus; dies Jahr kommt sie spät, die Krapfengarb'. Zwei »Legen« Stroh müssen gedroschen werden vor Tags und da meint der Hansel: »Wenn wir uns aufs Stroh täten hinlegen und tüchtig und mit allem Fleiß darauf losschliefen, ob das Zeug nicht auch weich werden wollt?« Er weiß es aber gleichwohl, daß man nicht drischt, um das Stroh weichzumachen, sondern um das Korn herauszuschlagen.

Nach dem Frühstück gehen die Knechte hinaus in den Wald; auch eine oder die andere Magd, die höhere Strümpfe hat, als der Schnee tief ist, muß mit. Sie sägen Bäume um, glatt am Rand natürlich, aber kommt nur erst der Sommer, so zeigen die mannshohen Strünke, wie tief im Advent der Schnee gelegen ist. Die Ammerlinge und Häher zwitschern auf den Wipfeln ihre Winternot und kratzen Schneestaub nieder auf die Holzarbeiter, oder es stürzen ganze Schollen herab, so daß sich die Leutchen mühsam aber lachend aus dem Schneestaube wühlen müssen. Und wenn's erst stürmt, daß die gefrorenen

Stämme winseln und krachen, dort und da ein Wipfel niederfährt und der scharfe Schneestaub saust, daß der Hansel die Kathel nicht mehr sieht und nach ihr mit den Fingern muß greifen, ob sie der Wind wohl nicht schon davongetragen – so ist das ein »saggrisch verteufeltes« Brennholzschlagen.

Die daheim haben es besser. Die legen das Holz des winterstürmischen Waldes in den Ofen und spinnen Garn und singen »Frauengesänge« und erzählen sich Märchen und plaudern und kichern.

Und wie gut sie verwahrt sind! An den Scheiben der kleinen Fenster ist der Schimmel des Eises gewachsen, und von den Dachvorsprüngen weben sich die silberweißen Spangen der gefrorenen Falltropfen nieder und hinein in den Schneewall, der das Haus umgibt. Da muß denn freilich bald nachmittags der Kienspan wieder glimmen. Und am Abende knarrt die Türe, da wird draußen im Vorgelaß Schnee von klingenden Schuhen geklöpfelt – Advent! Ankunft! Der Hansel ist da; der Hansel und der Seppel und der Franzel und der Toni. Ihr jungen Weiblein allmitsamt, jetzunder wird's noch lustiger bei Euch in der Spinnstube.

Lodenwämser austun, die klingenden Schuhe gegen »Strohpatschen« versetzen, warm Süpplein und »Brennsterz« grüßen, das kommt jetzt dran; dann heißt es die Pfeifen stopfen – brennt's nur erst, hebt das Schäkern an, geht das Necken los, und – der

Hausvater und die Hausmutter sind nicht gar allfort zugegen – bis es Schlafenszeit wird, ist mancher Rokken verzaust, mancher Faden gerissen. »Sie tun's nit, und sie tun's einmal nit zusamm', die Mandeln und die Weibeln!« hat der alt' Kas-Möstel gesagt.

Aber Tageslast ist schwer gewesen, und im Stüblein sitzt sich's so warm, und die Augen sinken und sinken – Advent! der Schlaf ist da! Die Kathel ruht in der einsamen Klause und kann nicht schlafen, weil die Tür in die Stallkammer hinaus nicht gut verriegelt ist, so trägt sich's wohl zu, daß insonderheit auch die Kathel Advent feiert.

Darf nicht gelten. Ankunft des Messias! sagt der Prediger, und die Kirche nimmt's ernsthaft. Alltäglich, ehe noch der Morgenstern aufgeht, zieht der Mesner ein Flämmchen von der roten Ampel des Ewigen Lichts und zündet damit die Altarkerzen an. Und die Glocken läuten, bis von nah und von fernem Gebirge die Andächtigen herbeikommen durch Nacht und Nebel und auch ihre Kerzlein anbrennen in der nächtigen Kirche und ein Lied ertönen lassen, das ihnen schon der Prophet Jesaias vorgesungen hat: »Tauet, Himmel, den Gerechten!«

Eine rührende Sehnsuchtsklage.

Als ich, ein Knabe noch, mit meinem Oheim einmal in die Rorate ging, fragte ich ihn unterwegs, was denn das eigentlich heiße: Tauet, Himmel, den Gerechten? Mein Oheim schwieg eine Weile, dann stand er plötzlich still: »Du fragst so närrisch. Viertausend Jahre haben sie gewartet; allerweil und in allen Enden und Winkeln sind Leut' geboren worden, aber ein ganz Gerechter ist halt nit dabei gewesen. Wo hernehmen, wenn er aus dem Menschenvolk nicht aufsteht? Aus der Erden hat er ihn herausstampfen wollen, der alte Prophetenmann, dem schon angst ist worden in der Seel'; aus der Luft hat er ihn wollen herabziehen, und in allen Wolken hat er ihn gesucht, und so hat er einmal in einer ruhsamen Nacht, da er auf der Heid' ist gestanden, die Hände ausgestreckt gegen Himmel, und hat das Wort gerufen. – Jetzt, Bub, wenn Du's nicht verstehst, anders kann ich Dir es nicht ausdeuten. Lass' ich Dich da stehen im Wald und geh' Dir davon und sag': wart', bald komm' ich. Und ich komm' aber nicht, und Du stehst eine Stund um die andere und frierst und hörst die wilden Tiere heulen – und kennst keinen Weg, und ich komm' noch immer nicht – nachher, Bub, wirst es wohl verstehen, wie dem Prophetenmann ums Herz ist gewesen.«

Wir sind weiter gegangen, und nie habe ich kindlicher die Erwartung des Erlösers empfunden, als bei derselbigen Rorate.

LUDWIG THOMA

## Der Christabend

*Eine Familiengeschichte*

Bei Oberstaatsanwalt Saltenberger hatten sie drei Töchter, Emerentia, Rosalie und Marie.

Alle im höchsten Grade fähig und entschlossen, dem ledigen Stande zu entsagen.

Das herannahende Weihnachtsfest brachte die geliebten Eltern auf den Gedanken, daß sie ihre Kinder am besten mit Männern bescheren würden, und sie überlegten lange, wie dieses zu ermöglichen wäre.

Mama Saltenberger meinte, ihr Mann sollte seine hervorragende Beamtenstellung in die Waagschale werfen und jüngere Kollegen durch die Macht seines Ansehens an ihre staatsbürgerlichen Pflichten erinnern. Saltenberger war nicht prinzipiell abgeneigt, aber er betonte, daß dieser Einfluß nur in ganz familiären Grenzen ausgeübt werden dürfe, und daß man in der Wahl der Objekte sehr vorsichtig sein müsse.

In geheimer Beratung wurde zur engeren Wahl der zukünftigen Familienmitglieder geschritten.

Beide Eheleute einigten sich zunächst auf Karl Mollwinkler, zweiter Staatsanwalt. Er war ziemlich abgelebt, und sein kränklicher Zustand ließ hoffen, daß er sich nach der Pflege einer geliebten Frau sehne.

Als zweiter ging Sebald Schneidler, königlicher Landgerichtssekretär, durch.

Nicht ohne Widerspruch. Frau Saltenberger fand die Stellung denn doch etwas subaltern. Ihr Mann hatte Mühe, sie zu überzeugen, daß die gegenwärtige Zeitrichtung die Standesunterschiede einigermaßen nivelliert habe, und daß speziell in Heiratsfragen eine zu strenge Auffassung von Übel sei.

Schließlich kam man dahin überein, daß Schneidler sich in Anbetracht seiner sozialen Verhältnisse mit der ältesten Tochter, der vierunddreißigjährigen Emerentia zu begnügen habe.

Die Aufstellung des dritten Kandidaten bereitete Schwierigkeiten.

Unter den Juristen fand sich trotz sorgfältigster Prüfung keiner mehr, der des Vertrauens würdig gewesen wäre.

Man mußte wohl oder übel in eine andere Sparte hinübergreifen.

Aber auch da zeigten sich überall unüberwindliche Schwierigkeiten, und schon wollte der Oberstaatsanwalt an der gestellten Aufgabe verzweifeln, als im letzten Moment Frau Saltenberger den rettenden Gedanken faßte.

»Weißt du was, Andreas«, sagte sie, »wir nehmen

einfach einen von der Post. Da sind die meisten Chancen, denn fast alle Verlobungen, welche man an Weihnachten in der Zeitung liest, gehen von Postadjunkten aus.«

Dieses leuchtete ihrem Manne ein, und er gab seine Zustimmung zur Wahl des Postadjunkten Jakob Geiger. Somit war die Sache gediehen; es galt nunmehr, die zur Bescherung Vorgemerkten unter die drei Töchter zu verteilen.

Und das war das Schwierigste.

Der Friede wich aus dem Hause des Oberstaatsanwalts Saltenberger.

Emerentia brach in Tränen aus, als die Eltern von dem Plane sprachen; sie sei immer das Stiefkind gewesen, die anderen Fratzen habe man verhätschelt und verzogen, nur sie sei mißhandelt worden und jetzt solle sie sich mit einem Sekretär begnügen.

Vielleicht müsse sie noch Komplimente machen vor dem ekelhaften Ding, der Rosalie, die man natürlich zur Frau Staatsanwalt nehme, obwohl sie die Dümmste von allen sei. Aber nein! nein! und nein! Da kenne man sie schlecht. Sie lasse nicht auf sich herumtrampeln, und lieber verhindere sie den Plan, so daß gar keine einen Mann erwische, als daß sie sich mit dem Affen von einem Sekretär abfinden lasse.

Ihr Widerstand war leidenschaftlich, aber nicht schlimmer als derjenige von Marie, welcher man den

Postadjunkten zugedacht hatte. Sie war die Jüngste und durfte billig annehmen, daß sie auf dem Heiratsmarkte die besten Preise erzielen könne. Allerdings schielte sie, aber sie sagte sich, daß ein verständiger Mann solche Kleinigkeiten nicht beachte. Zudem, lieber schielen, als einen Kropf haben, wie Emerentia oder schlechte Zähne, wie Rosalie.

Papa Saltenberger hatte böse Tage; während er auf dem Bureau weilte, sammelte sich daheim eine unglaubliche Menge Sprengstoff an, welcher regelmäßig beim Mittagstisch explodierte.

So ging das nicht. Die Eltern beschlossen, die drei Herren als Ganzes zu bescheren und die Wahl den Kindern zu überlassen.

Auf diese Weise hatten wenigstens sie Ruhe gefunden, wenngleich der Krieg unter den Schwestern fortdauerte. Emerentia stickte in heimlicher Abgeschlossenheit an einem Paar Pantoffeln, und bei jedem Stich wurde sie fester entschlossen, dieselben nur dem zweiten Staatsanwalt Mollwinkler zum Zeichen ihrer Liebe an die Füße zu stecken.

Rosalie häkelte einen Tabakbeutel, Marie strickte wollene Handschuhe.

Und jede wußte, wem sie die Gabe weihen würde. Alle drei zogen die Mutter ins Vertrauen, und da Frau Saltenberger einen gutmütigen Charakter hatte, sagte sie zu jeder verstohlen: »Kindchen, Kindchen, ich seh' dich noch als Frau Staatsanwalt.«

Und jede war glücklich darüber. Erstens überhaupt, und dann, weil die zwei anderen Maulaffen vor Neid bersten würden.

So kam allmählich das heilige Weihnachtsfest heran mit seinem unvergeßlichen Zauber für die Familie, jener Tag, an welchem die Junggesellen so ganz besonders Sehnsucht empfinden nach einem schöneren Lose, nach einer liebenden Gattin und nach Kindern, welche mit ihren Spielzeugen um den Christbaum tanzen.

O, welche Gefühle warteten in dem Hause des Oberstaatsanwalts Andreas Saltenberger!

Das war ein Raunen und Flüstern, ein geheimnisvolles Weben, ein Hin und Her, von einem Zimmer in das andere, bis endlich um sieben Uhr Vater, Mutter und die drei Töchter sich im Salon versammelten, festlich geschmückt und sehr erwartungsvoll.

Jede der Schwestern erregte durch ihr reizendes Aussehen die Freude der Eltern und das verächtliche Mitleid der beiden anderen.

Es läutete. Das Dienstmädchen eilte zur Türe, im Salon hielten fünf Menschen den Atem an. Wer kam? Eine tiefe Stimme, unverständlich, dann schlurfte das Mädchen zurück und übergab dem hastig öffnenden Papa einen Brief. Aufreißen und lesen. Sekretär Schneidler sagt mit bestem Dank ab, da er heimreise. Die drei Schwestern atmeten auf. Auf diesen Menschen hatte keine reflektiert. Es läutete wieder. Das Dienstmädchen überbrachte einen zweiten Brief.

Die Absage des Herrn Staatsanwalts Mollwinkler wegen Unwohlseins.

Drei Lebenshoffnungen waren vernichtet; der Vater blickte die Mutter an, die Schwestern bissen sich auf die Lippen, und ihr Schmerz wäre unerträglich gewesen, wenn sich nicht ein klein wenig Freude an der Enttäuschung der anderen darein gemengt hätte.

Was tun? Papa Saltenberger raffte sich auf und sagte mit erzwungener Höflichkeit: »Wozu auch fremde Menschen? Nun wollen wir das Fest so recht unter uns begehen!«

Da läutete es wieder. Und diesmal kam der königliche Postadjunkt Geiger, welcher noch niemals abgesagt hatte.

Er hatte es nicht zu bereuen. Er war der verhätschelte Liebling der Familie; er bekam ein Paar Pantoffeln, einen Tabakbeutel und wollene Handschuhe, viele Süßigkeiten, Äpfel und Nüsse.

Er trank einen sehr guten Wein und einen famosen Punsch, er aß Rheinsalm, Rehbraten und Pudding und bewunderte die Freigebigkeit der Familie, welche für ihn allein so reichlich auftragen ließ.

Er sagte allen Damen Liebenswürdigkeiten und ließ sich von jeder in der gehobenen Stimmung auf die Füße treten.

Und als er ziemlich betrunken den Heimweg antrat, sagte er sich, daß das Familienleben doch sein gutes, besonders hinsichtlich der leiblichen Genüsse habe.

Und er verlobte sich am Sylvesterabend mit der wohlhabenden Witwe Reisenauer, welche ein gut gehendes Geschäft am Marktplatz hatte.

RAINER MARIA RILKE

## Das Christkind

»Gestorben« stand in gleichgültigen, brutalen, feucht-
leuchtenden Lettern in dem dicken, grünen Kran-
kenhausbuch. In derselben Zeile war zu lesen:
11. Stock, Zimmer 12, Nummer 78. Horvát, Elisabeth,
Försterstochter, 9 Jahre alt.

Der frühe Februarabend sah wie mit rotgeweinten
Büßeraugen, müd und mürrisch, in das Zimmer 12.
Die grau-weißen Wände der Krankenstube schienen
in dem gleichfarbenen Dämmer zu zerfließen, und
das schwarze Holzkreuz schwebte frei in der Luft.
Die Eisenbetten waren in verschwommenen Umris-
sen sichtbar. Die dämmerige Atmosphäre lag wie ein
Bann auf den Kindern, deren je zwei ein Lager teilten.
Irgendwo in dunkler Ecke weinte eines trostlos und
leise, ein anderes erzählte mit weicher, vorsichtiger
Stimme, als ob es am Bett der kranken Mutter säße,
und ein kleines Mädchen, dem Fenster zunächst,
hockte aufrecht in den Kissen, die Arme um die auf-
gestemmten Knie geschlungen. Sein Profil und die
rundliche Schulter hoben sich scharf als Silhouette ab
von dem blaßgrauen Fenster. Und die karbolsatte Luft
war so dicht, daß es schien, als prallten die schüchter-

nen Laute des plaudernden Mädchens an ihr ab, und nur das versteckte Weinen aus der dunkeln Ecke bohrte sich mit spitzen Tönen in das Dämmer. So ist es im Wald an den Nebelnachmittagen des Frühherbstes: Die Stimmen aus Bach und Kraut versickern in dem Dunstmeer, und nur das Wimmern windgequälter Wipfel zittert durch den einsamen Tann.

Jetzt trat die wartende Schwester zärtlichen Schrittes in die Stube ein. Sie entzündete die Gasflamme, die, hinter grünem Zeug versteckt, an der Mittelwand des Zimmers angebracht war. – Das mondscheinfarbene Licht flutete weich wie eine an flachem Sande landende Welle durch den Raum und beleuchtete fast gleichmäßig die fünf Eisenbetten. Die Schwester aber schob den Vorhang ein wenig beiseite: ungehemmt, mit rücksichtsloser Gewalt brach das grelle, rote Licht hervor. Eines von den mattschwarzen Wandtäfelchen war jetzt voll beschienen; es trug die Nummer 78. Das Bett darunter war zerwühlt und leer. Die Schwester trat hinzu, entfernte die Linnen und glättete die Matratzen.

Die Kinder waren alle verstummt. Sie folgten jeder Bewegung der Schwester mit geblendeten, lichtscheuen Blicken. Sogar die Kleine in der Ecke weinte nicht mehr. Sie saß aufrecht, den Kopf in beide Fäustchen gepreßt, und unter der schneeweißen Stirnbinde glühten ihre Augen, groß, wie eine einzige dunkle Frage.

Die Wärterin warf ihr die Puppe, die sie im verlassenen Lager gefunden, in den Schoß. Das Kind zuckte nur leicht zusammen und rührte das Spielzeug nicht an. Als starrte es in eine grelle vernichtende Flamme, sprühte in seinen Fieberaugen ein unsteter, flackernder Widerschein auf. Und in unbestimmtem Bangen verkroch sich das Kind, das das Bett mit ihm teilte, unter die Decke.

Da wandte sich die Kleine beim Fenster, und ihre Stimme war wie ein Sonntagslied:

»Ist die Betty jetzt ein Engel?«

Die Schwester nickte und lächelte und breitete mit ihren weißen Händen die hellblaue Hülldecke über das leere Bett.

Der Tod ist ein Nummerwechsel. – Die kleine Elisabeth lag jetzt drunten in der Kammer, deren weiße Außenwände sie oft vom Fenster aus gesehen hatte. Sie war kleiner geworden und brauchte mit ihren abgefrorenen Füßchen wenig Raum in dem schlichten Holzbett, an dem schon die neue Nummer angeheftet war. Die Nummer der Grube da draußen. Die war schon bereit; aber sie gähnte nicht schwarz wie der Rachen eines Untiers. Die hereinbrechende Nacht begann ein schimmerweißes Schneelinnen hineinzuweben, so daß der Platz nett und verlockend aussah wie das Bettchen reicher Kinder. Und die kleine Betty in der stillen Kammer lag so ruhig und getrost da, als wüßte sie das. Die wachsweißen Händchen hielten, wie spielend, ein kleines Holzkreuz, das Haar sonnte wie ein Heiligenschein aus der Spitzenwolke des Sterbekissens, und um die dünnen, blassen Lippen blühte ein wehmütiges Lächeln; so schlingt sich ein Kranz Immortellen um ein vergilbtes Gebetbuchblatt.

Lächelte sie, weil sie schon die liebe Mutter gesehen hatte, die sie nun seit vier Jahren beim lieben Gott erwartete? War die kleine Seele schon auf jungen, schimmerweißen Falterflügeln durch die grauen Nebel, an lauter lächelnden Sternen vorbei, in die ewige Heimat geflogen? Flatterte sie schon über die weite Milchstraße, wo so viele fleißige Engel sitzen, die immer neue Sterne blasen, wie die Kinder auf Erden Seifenkugeln? War sie vielleicht gar schon nahe beim lieben Gott, der einen großen, silbernen Bart haben mußte und eine große, leuchtende Krone?

Dorthin dürfen doch reine Seelen?

Und Narben gehen ja nicht durch bis auf die Seele, – nicht wahr?

Sie kriechen nur über das kleine tote Körperchen wie rote, giftige Raupen. – Und wenn der liebe Gott befiehlt, daß die kleine Elisabeth mit diesem Körperchen angetan vor ihm erscheinen sollte, so werden die Wunden daran sicher schon heil sein, und man wird selbst im Himmel, wo es doch sehr hell ist, nicht einmal einen roten Strich mehr sehen.

Und das ist gut; denn der liebe Gott und die gute Mutter – sie sollen nicht wissen, daß die Stiefmutter die kleine Betty blutig geschlagen hat. Und, daß sie's nie erfahren, das betete wohl die Kleine mit den blassen, gefalteten Händchen und den stillen, toten Lippen in der dunklen Leichenkammer.

Seliger Weihnachtstag, da die Kleinen mit vor Ungeduld trippelnden Beinchen und leuchtenden Augen an der verschlossenen Türe lauschen, hinter der sich helle, duftende Wunder vorbereiten, mit wichtiger Miene der Mutter zusehen, die den Festtagsfisch schmort für das Abendessen, und, alte Lieder auf den frischen Lippen, zum Großmütterchen, das im hohen Ohrenstuhl am plaudernden Feuer träumt, hüpfen und ihm die sanften, faltigen Hände küssen. Und dann kommt wohl auch der Vater heim und bringt, Schneeperlen im Barte, ein tüchtig Stück Winter mit und erzählt vom Christkind, das ihm auf verwehten Wegen begegnet ist, und daß es Haare wie eitel Gold hat und die Hände voll bunter, prächtiger Dinge. – Und draußen heult der Sturm, und ein Schlitten klingt irgendwo, und alles ist so geheimnisvoll und so groß und so feierlich, daß man es nie mehr vergessen kann – ein ganzes Leben nicht. Und die kleine Elisabeth hatte es auch nicht vergessen, daß es einmal so war, als Mutter noch lebte und die fremde Frau mit dem roten Gesichte noch nicht mit am Tische aß. Und sie hockte fröstelnd am Herde, in dem ein wildes, ungastliches Feuer loderte.

Ihre Sehnsucht nach der Mutter war auf einmal gar groß. Und als die dicke Frau sie mit Schlägen aus der Küche trieb, da verkroch sie sich wie ein mißhandelter Hund in den letzten Winkel unter dem Dache und weinte dort leise in sich hinein. Und es war, als löste sich alles Schwere, Dunkle in ihr in diesen lautlosen Tränen. Sie wußte endlich nur, daß es heute wieder Weihnachten war, und daß alle guten Kinder fröhlich sein müssen, weil das Christkind durch die Welt geht.

Der Vater fand sie dort, strich ihr mit zitternden Fingern durchs Haar und schenkte ihr ein paar Kreuzer – einen ganzen Reichtum für das Kind. Und Betty hüpfte empor und schlang mit lachenden, klaren Augen beide Arme fest um Vaters Hals. Das war wie ein Abschied.

Zwei Stunden später trippelte die Kleine, Vaters Kreuzer in der rechten Faust, durch die Gassen des Städtchens. Der Weihnachtstag war weiß und windstill, und der körnige Schnee verbrämte, wie weißes Pelzwerk, die dünnen Schuhe des Kindes. Es lief waldwärts. Bei den letzten Häusern traf es eine kleine Gespielin. Die verstellte ihr den Weg und sagte in überlegenem Tone: »Glaubst du, das Christkind kommt auch zu dir?«

Betty schlug die großen, blauen Augen auf und

antwortete mit inniger Überzeugung: »Das Christkind kommt zu allen braven Kindern.«

Und die Mittagsglocken klangen groß und ernst in den frostroten Weihnachtstag, als sagten sie ein ›Amen‹ dazu.

Beim letzten Krämer kaufte Elisabeth um ihre Kreuzer ein paar Kerzchen, eine bunte, lange Flitterkette, Zündhölzchen und ein riesiges Herz aus Lebkuchen. Mit diesen Schätzen beladen lief sie weiter in den Wald, wo ihr schon keine Menschen mehr begegneten, als die, die wegabseits dürres Reisig suchten; und die sahen vergrämt und erfroren aus und achteten nicht des Kindes.

Es gibt eine Stelle im Walde, wo der Abend, der sein Gold, ängstlich wie ein Geizhals, hinter den nächsten Berg trägt, zögernd verweilt, als könnte er sich kaum trennen von der schönen Erde. Dort stehen langstielige weiße Blüten, und die wiegen dann ihre Pracht im veratmenden Winde, wie Kinder, die dem scheidenden Vater ihre Tücher nachschwenken. So – sommers. Allein auch mitten im Winter, da der frühmüde Abend die roten Sohlen durch den schimmernden Schnee schleift, rastet er dort und küßt mit letzter Glut die alte, auf verwitterter Steinsäule wohnende Wegmadonna, die ihm in einsamer Wehmut nachlächelt.

Das war der kleinen Elisabeth liebster Platz. Dorthin war sie oft geflüchtet, brennende Schläge auf dem Rücken, und hatte der vergessenen Himmelskönigin ihr Leid erzählt wie einer Mutter. Und ihr war oft gewesen, als trüge das Steinbild die Züge des toten Mütterchens. Und nun hatte sie die Stelle noch viel lieber. Solang es Blumen gab, verging kein Tag, ohne daß das Kind den rostigen Nagel am Sockel mit frischem Schmuck verdeckte; und, traun, wenn jeder Altar im Lande nur *einen* solchen Beter fände, Gott müßte der Welt näher kommen!

Auch an diesem Weihnachtsabend ging die Kleine den gewohnten Weg und schleppte den Tand, den sie eingekauft hatte, mit sich. Ein stiller Plan machte ihre Augen glänzen und ihre Füßchen eilen. Sie warf der Steinmadonna einen neckisch-ehrfurchtsvollen Blick zu, der besagen sollte: Gelt, ich bin brav? Heut hast du mich nicht erwartet.

Dann ging sie ohne Zagen ans Werk.

Jenseits des Pfades, an dem die Betsäule stand, begann ein junges Tannengehölz. Das kleine Mädchen wählte einen der vordersten Bäume, dessen Spitze es mit ausgestrecktem Arm eben noch erreichen konnte, und spannte die bunte Papierkette um die waagrechten Zweige, auf denen schon fester Schnee wie glitzernder Demantschmuck prangte. Dann tropfte es die Kerzchen an den Ast-Enden fest, und zugleich mit dem ersten Stern der Heilsnacht gingen die Lichter an dem einsamen Weihnachtsbaum auf.

Das war nun wirklich eine große Pracht. Um die rotschwelenden Kerzchen herum schmolz der Schnee, und das glitzerte und blitzte, daß es eine Freude war. Klein-Elisabeth sagte zuerst ein frommes Sprüchlein vor der Muttergottes her und rief, auf das strahlende Bäumchen weisend: »Freuts dich?« Dann biß sie gar herzhaft in das Lebkuchenherz und stand mit vollen Backen so nah vor dem leuchtenden Tannenbaum, daß der Widerschein des Glanzes in ihren reinen Augen funkelte.

Der ganze, weite Wald schien das Christfest mitzufeiern. Die hohen, schwarzen Tannen standen weit im Umkreis wie ehrfurchtsvolle Beter und staunten das just noch so unbedeutende Bäumchen an, wie Menschen ein Wunderkind betrachten. Die fernen Sterne sogar schienen sich über der Stelle zusammenzudrängen, um ja nichts von dem Schauspiel zu verlieren und dem lieben Gott und den Engeln und der guten Mutter der kleinen Elisabeth erzählen zu können, was für ein braves Kind sie wäre.

Auf den dämmerigen Waldwegen aber kamen große schwarze Vögel in neugierigen Sprüngen näher. Die könnten auch Hunger haben, dachte das Kind; Betty verspürte keine Furcht, und so teilte sie das mächtige Kuchenherz mit den gierigen Gästen. Ihr ward so froh und so selig, daß sie hätte singen mögen, wenn sie nur ein recht schönes, würdiges Lied gewußt hätte.

Die Kerzen waren schon ziemlich tief gebrannt; da setzte sich die Kleine zu Füßen des Heiligenbildes hin mit glücklichen Augen und frostblauen Händchen. Aber vom Frieren fühlte sie nichts. Es war so wunderstill um sie, und wenn sie die Augen schloß, so sah sie sich auf dem Schoß der teuren Mutter sitzen in warmer, traulicher Stube. Die Uhr tickte in gemessenem, behäbigem Takte, und der Wind schraubte sich in den prasselnden Kamin. Die Mutter strich ihr leise und zärtlich über den Scheitel und küßte sie mit roten, weichen Lippen mitten auf die Stirn. Und sie war schön, die Mutter, schön, wie die Fee im Märchen von Andersen, und trug eine seltsame Krone im reichen, flutenden Haar.

Und sie anschauen – war gut …

So kam es, daß die kleine, arme Elisabeth ein schöneres Christfest hatte, als die reichen, satten Kinder in den schimmernden Stuben.

Sie war sehr glücklich. Und dieses Glück leuchtete auf dem kleinen Gesichte, wie sie so zu Füßen der Madonnensäule schlief. Die Händchen waren fest und treu gefaltet, und vom Steinbild floß ein schwarzer Schatten über das lächelnde Kind, als hätte die gnädige Himmelsfrau einen schützenden Schleier darüber gebreitet.

Das Bäumchen strahlte noch einmal hell auf in mählich verlöschender Pracht, und es hub ein

Schneien an, langsam und feierlich, als schwebten alle Sterne zur Erde nieder.

Zwei Waisenkinder gingen an diesem Weihnachtsabend spät aus der Stadt dorfwärts durch den Wald. Und sie erzählten dem Pfarrer im Dorfe atemlos, mit glänzenden Augen:

»Wir haben das Christkind gesehen – mitten im Wald. Es lag neben einem herrlich leuchtenden Bäumchen und ruhte aus. Und es war schön, das Christkind – so schön …«

THOMAS MANN

# Weihnachten auf dem Zauberberg

Im Speisesaal, an den sieben Tischen, beherrschte der Anbruch des Winters, der großen Jahreszeit dieser Gegenden, das Gespräch. Viele Touristen und Sportsleute, hieß es, seien eingetroffen und bevölkerten die Hotels von »Dorf« und »Platz«. Man schätzte die Höhe des geworfenen Schnees auf sechzig Zentimeter, und seine Beschaffenheit sei ideal im Sinne des Skiläufers. An der Bobbahn, die drüben am nordwestlichen Hange von der Schatzalp zu Tal führte, werde eifrig gearbeitet, schon in den nächsten Tagen könne sie eröffnet werden, vorausgesetzt, daß nicht der Föhn einen Strich durch die Rechnung mache. Man freute sich auf das Treiben der Gesunden, der Gäste von unten, das nun sich hier wieder entwikkeln werde, auf die Sportsfeste und Rennen, denen man auch gegen Verbot beizuwohnen gedachte, indem man die Liegekur schwänzte und entwischte. Es gab etwas Neues, hörte Hans Castorp, eine Erfindung aus Norden, das Skikjöring, ein Rennen, wobei sich die Teilnehmer auf Skiern stehend von Pferden ziehen lassen würden. Dazu wollte man entwischen. – Auch von Weihnachten war die Rede.

Von Weihnachten! Nein, daran hatte Hans Castorp

noch nicht gedacht. Er hatte leicht sagen und schreiben können, daß er kraft ärztlichen Befundes mit Joachim den Winter hier werde zubringen müssen. Aber das schloß ein, wie sich nun zeigte, daß er hier Weihnachten verleben sollte, und das hatte ohne Zweifel etwas Erschreckendes für das Gemüt, schon deshalb, aber nicht ganz allein deshalb, weil er diese Zeit überhaupt noch niemals anderswo als in der Heimat, im Schoß der Familie, verlebt hatte. In Gottes Namen denn, das wollte nun in den Kauf genommen sein. Er war kein Kind mehr, Joachim schien auch weiter keinen Anstoß daran zu nehmen, sondern sich ohne Weinerlichkeit damit abzufinden, und wo nicht überall und unter welchen Umständen war in der Welt schon Weihnachten begangen worden!

Bei alldem schien es ihm etwas übereilt, vor dem ersten Advent von Weihnachten zu reden; es waren ja noch reichlich sechs Wochen bis dahin. Diese aber übersprang und verschlang man im Speisesaal, – ein inneres Verfahren, auf das Hans Castorp ja schon auf eigene Hand sich verstehen gelernt hatte, wenn er es auch noch nicht in so kühnem Stile zu üben gewöhnt war wie die älter eingesessenen Lebensgenossen. Solche Etappen im Jahreslauf, wie das Weihnachtsfest, schienen ihnen eben recht als Anhaltspunkte und Turngeräte, woran sich über leere Zwischenzeiten behende hinwegvoltigieren ließ. Sie hatten alle Fieber, ihr Stoffumsatz war erhöht, ihr Körperleben verstärkt und beschleunigt, – es mochte am Ende wohl damit zusammenhängen, daß sie die Zeit so rasch und massenhaft durchtrieben. Er hätte sich nicht gewundert, wenn sie Weihnachten schon als zurückgelegt betrachtet und gleich von Neujahr und Fastnacht gesprochen hätten. Aber so leichtlebig und ungesetzt war man mitnichten im Berghofspeisesaal. Bei Weihnachten machte man halt, es gab Anlaß zu Sorgen und Kopfzerbrechen. Man beriet über das gemeinsame Geschenk, das nach bestehender Anstaltsübung dem Chef, Hofrat Behrens, am heiligen Abend überreicht werden sollte, und für das eine allgemeine Sammlung eingeleitet war. Voriges Jahr hatte man einen Reisekoffer geschenkt, wie diejenigen überlieferten, die seit mehr als Jahresfrist hier waren. Man sprach für diesmal von einem neuen Operationstisch, einer Malstaffelei, einem Gehpelz, einem Schaukelstuhl, einem elfenbeinernen und irgendwie »eingelegten« Hörrohr, und Settembrini empfahl auf Befragen die Schenkung eines angeblich im Entstehen begriffenen lexikographischen Werkes, genannt »Soziologie der Leiden«; doch fiel ihm einzig ein Buchhändler bei, der seit kurzem am Tische der Kleefeld saß. Einigung hatte sich noch nicht ergeben wollen. Die Verständigung mit den russischen Gästen bot Schwierigkeiten. Die Sammlung spaltete sich. Die Moskowiter erklärten, Behrens auf eigene

Hand beschenken zu wollen. Frau Stöhr zeigte sich tagelang in größter Unruhe wegen eines Geldbetrages, zehn Franken, die sie bei der Sammlung leichtsinnigerweise für Frau Iltis ausgelegt hatte, und die diese ihr zurückzuerstatten »vergaß«. Sie »vergaß« es, – die Betonungen, mit denen Frau Stöhr dies Wort versah, waren vielfach abgestuft und sämtlich darauf berechnet, den tiefsten Unglauben an eine Vergeßlichkeit zu bekunden, die allen Anspielungen und feinen Gedächtnisstachelungen, an denen es Frau Stöhr, wie sie versicherte, nicht fehlen ließ, Trotz bieten zu wollen schien. Mehrfach verzichtete Frau Stöhr und erklärte, der Iltis die schuldige Summe zu schenken. »Ich zahle also für mich und für sie,« sagte sie; »gut, nicht mein ist die Schande!« Endlich aber war sie auf einen Ausweg verfallen, von dem sie der Tischgesellschaft zu allgemeiner Heiterkeit Mitteilung machte: sie hatte sich die zehn Franken auf der »Verwaltung« auszahlen und der Iltis in Rechnung stellen lassen, – womit die träge Schuldnerin denn überlistet und wenigstens diese Sache ins gleiche gebracht war.

*

Kurz nach Weihnachten starb der Herrenreiter … Aber vorher spielte eben noch Weihnachten sich ab, diese beiden Festtage, oder, wenn man den Tag des heiligen Abends mitzählte, diese drei, denen Hans

Castorp mit einigem Schrecken und der kopfschüttelnden Erwartung entgegengesehen hatte, wie sie sich hier wohl ausnehmen würden, und die dann, als natürliche Tage mit Morgen, Mittag, Abend und mittlerer Zufallswitterung (es taute etwas), auch nicht anders, als andere ihrer Gattung, heraufgekommen und verblichen waren: – äußerlich ein wenig geschmückt und ausgezeichnet, hatten sie während der ihnen zugemessenen Frist ihre Bewußtseinsherrschaft in den Köpfen und Herzen der Menschen geübt und waren unter Zurücklassung eines Niederschlages unalltäglicher Eindrücke zu naher und fernerer Vergangenheit geworden ...

Der Sohn des Hofrates, Knut mit Namen, kam auf Ferienbesuch und wohnte bei seinem Vater im Seitenflügel, – ein hübscher, junger Mann, dem aber ebenfalls schon der Nacken etwas zu sehr heraustrat. Man spürte die Anwesenheit des jungen Behrens in der Atmosphäre; die Damen legten Lachlust, Putzsucht und Reizbarkeit an den Tag, und in ihren Gesprächen handelte es sich um Begegnungen mit Knut im Garten, im Walde oder im Kurhausviertel. Übrigens erhielt er selbst Besuch: eine Anzahl seiner Universitätskameraden kam in das Tal herauf, sechs oder sieben Studenten, die im Orte wohnten, aber beim Hofrat die Mahlzeiten nahmen und, zum Trupp verbunden, mit ihrem Kommilitonen die Gegend durchstreiften. Hans Castorp mied sie. Er mied diese jungen Leute und wich ihnen mit Joachim aus, wenn es nötig war, unlustig, ihnen zu begegnen. Den Zugehörigen Derer hier oben trennte eine Welt von diesen Sängern, Wanderern und Stöckeschwingern, er wollte von ihnen nichts hören und wissen. Außerdem schienen die meisten von ihnen aus dem Norden zu stammen, womöglich waren Landsleute darunter, und Hans Castorp fühlte die größte Scheu vor Landsleuten, oft erwog er mit Widerwillen die Möglichkeit, daß irgendwelche Hamburger im »Berghof« eintreffen könnten, zumal Behrens gesagt hatte, diese Stadt stelle der Anstalt immer ein stattliches Kontingent. Vielleicht befanden sich welche unter den Schweren und Moribunden, die man nicht sah. Zu sehen war nur ein hohlwangiger Kaufmann, der seit ein paar Wochen am Tische der Iltis saß, und der aus Cuxhaven sein sollte. Hans Castorp freute sich im Hinblick auf ihn, daß man mit Nicht-Tischgenossen hierorts so schwer in Berührung kam, und ferner darüber, daß sein Heimatsgebiet groß und sphärenreich war. Die gleichgültige Anwesenheit dieses Kaufmanns entkräftete in hohem Grade die Besorgnisse, die er an das Vorkommen von Hamburgern hier oben geknüpft hatte.

Der heilige Abend also näherte sich, stand eines Tages vor der Tür und hatte am nächsten Tage Gegenwart gewonnen ... Es waren noch reichlich sechs Wochen bis zu ihm gewesen, damals, als Hans

Castorp sich gewundert hatte, daß man hier schon von Weihnachten sprach: so viel Zeit also noch, rechnerisch genommen, wie die ganze Dauer seines Aufenthalts nach ihrer ursprünglichen Veranschlagung, zusammen mit der Dauer seiner Bettlägrigkeit betragen hatte. Trotzdem war das damals eine große Menge Zeit gewesen, namentlich die erste Hälfte, wie es Hans Castorp nachträglich schien, – während die rechnerisch gleiche Menge jetzt sehr wenig bedeutete, beinahe nichts: die im Speisesaal, so fand er nun, hatten recht gehabt, sie so gering zu achten. Sechs Wochen, nicht einmal so viele also, wie die Woche Tage hatte: was war auch das in Anbetracht der weiteren Frage, was denn so eine Woche, so ein kleiner Rundlauf vom Montag zum Sonntag und wieder Montag war. Man brauchte nur immer nach Wert und Bedeutung der nächstkleineren Einheit zu fragen, um zu verstehen, daß bei der Summierung nicht viel herauskommen konnte, deren Wirkung überdies und zugleich ja auch eine sehr starke Verkürzung, Verwischung, Schrumpfung und Zernichtung war. Was war ein Tag, gerechnet etwa von dem Augenblick an, wo man sich zum Mittagessen setzte, bis zu dem Wiedereintritt dieses Augenblicks in vierundzwanzig Stunden? Nichts, – obgleich es doch vierundzwanzig Stunden waren. Was war denn aber auch eine Stunde, verbracht etwa in der Liegekur, auf einem Spaziergang oder beim Essen, – womit die

Möglichkeiten, diese Einheit zu verbringen, so gut wie erschöpft waren? Wiederum nichts. Aber die Summierung des Nichts war wenig ernst ihrer Natur nach. Am ernstesten wurde die Sache, wenn man ins Kleinste stieg: jene sieben mal sechzig Sekunden, während derer man das Thermometer zwischen den Lippen hielt, um die Kurve fortführen zu können, waren überaus zählebig und gewichtig; sie weiteten sich zu einer kleinen Ewigkeit, bildeten Einlagerungen von höchster Solidität in dem schattenhaften Huschen der großen Zeit …

Das Fest vermochte die Lebensordnung der Berghofbewohner kaum zu stören. Eine wohlgewachsene Tanne war schon einige Tage zuvor an der rechten Schmalseite des Speisesaals, beim Schlechten Russentisch, aufgerichtet worden, und ihr Duft, der durch den Brodem der reichen Gänge hindurch die Speisenden zuweilen berührte, rief etwas wie Nachdenklichkeit in den Augen einzelner Personen an den sieben Tischen hervor. Beim Abendessen des 24. Dezembers zeigte der Baum sich bunt geschmückt mit Lametta, Glaskugeln, vergoldeten Tannenzapfen, kleinen Äpfeln, die in Netzen hingen, und vielerlei Konfekt, und seine farbigen Wachskerzen brannten während der Mahlzeit und nachher. Auch in den Zimmern der Bettlägrigen, hieß es, brannten Bäumchen; jedes hatte das seine. Und die Paketpost war reich gewesen schon in den letzten

Tagen. Auch Joachim Ziemßen und Hans Castorp hatten Sendungen aus der fernen und tiefen Heimat bekommen, sorglich verpackte Bescherungen, die sie in ihren Zimmern ausgebreitet hatten: sinnreiche Kleidungsstücke, Krawatten, Luxusgegenstände in Leder und Nickel, sowie viel Festgebäck, Nüsse, Äpfel und Marzipan, – Vorräte, die die Vettern mit zweifelnden Blicken betrachteten, indem sie sich fragten, wann hier je der Augenblick kommen werde, davon zu genießen. Schalleen hatte Hans Castorps Paket hergestellt, wie er wußte, und auch, nach sachlicher Besprechung mit den Onkeln, die Geschenke besorgt. Ein Brief von James Tienappel lag bei, auf dickem Privatpapier, doch in Maschinenschrift. Der Onkel übermittelte darin des Großonkels und seine eigenen Fest- und Genesungswünsche und fügte aus praktischen Gründen gleich die nächstens fälligen Neujahrsgratulationen hinzu, wie übrigens auch Hans Castorp verfahren war, als er rechtzeitig seinen Weihnachtsbrief nebst klinischem Rapport an Konsul Tienappel liegend aufgesetzt hatte.

Der Baum im Speisesaal brannte, knisterte, duftete und hielt in den Köpfen und Herzen das Bewußtsein der Stunde wach. Man hatte Toilette gemacht, die Herren trugen Gesellschaftsanzug, man sah an den Frauen Schmuckstücke, die ihnen von liebender Gattenhand aus den Ländern der Ebene gekommen sein mochten. Auch Clawdia Chauchat hatte den

ortsüblichen Wollsweater gegen ein Salonkleid vertauscht, das aber einen Stich ins Willkürliche oder
vielmehr ins Nationale hatte: es war ein helles, ge-
sticktes Gürtelkostüm von bäuerlich-russischem,
oder doch balkanischem, vielleicht bulgarischem
Grundcharakter, mit kleinen Goldflittern besetzt,
dessen Faltigkeit ihrer Erscheinung eine ungewohnt
weiche Fülle verlieh und ausgezeichnet mit dem
zusammenstimmte, was Settembrini ihre »tatarische
Physiognomie«, insbesondere ihre »Steppenwolfs-
lichter« zu nennen beliebte. Man war sehr heiter am
Guten Russentisch; dort zuerst knallte der Champa-
gner, der dann fast an allen Tischen getrunken wurde.
An dem der Vettern war es die Großtante, die ihn für
ihre Nichte und für Marusja bestellte, und sie trak-
tierte alle damit. Das Menü war gewählt, es endete
mit Käsegebäck und Bonbons; man schloß Kaffee
an und Liköre, und dann und wann rief ein aufflam-
mender Tannenzweig, der Löscharbeit forderte, eine
schrille, übermäßige Panik hervor. Settembrini, gekleidet wie immer, saß gegen Ende des Festessens
eine Weile mit seinem Zahnstocher am Tische der
Vettern, hänselte Frau Stöhr und sprach dann einiges
über den Tischlerssohn und Menschheits-Rabbi, dessen Geburtstag man heute fingiere. Ob jener wirklich
gelebt habe, sei ungewiß. Was aber damals geboren
worden sei und seinen bis heute ununterbrochenen
Siegeslauf begonnen habe, das sei die Idee des Wertes

der Einzelseele, zusammen mit der der Gleichheit gewesen, – mit einem Worte die individualistische Demokratie. In diesem Sinne leere er das Glas, das man ihm zugeschoben. Frau Stöhr fand seine Ausdrucksweise »equivok und gemütlos«. Sie erhob sich unter Protest, und da man ohnedies die Gesellschaftsräume aufzusuchen begonnen hatte, so folgten die Tischgenossen ihrem Beispiel.

Die Geselligkeit dieses Abends erhielt Gewicht und Leben durch die Überreichung der Geschenke an den Hofrat, der mit Knut und der Mylendonk auf eine halbe Stunde herüberkam. Die Handlung vollzog sich in dem Salon mit den optischen Scherzapparaten. Die Sondergabe der Russen bestand in etwas Silbernem, einem sehr großen, runden Teller, in dessen Mitte das Monogramm des Empfängers eingraviert war, und dessen vollkommene Unverwendbarkeit in die Augen sprang. Auf der Chaiselongue, die die übrigen Gäste gestiftet hatten, konnte man wenigstens liegen, obgleich sie noch ohne Decke und Kissen war, nur eben mit Tuch überzogen. Doch war ihr Kopfende verstellbar, und Behrens probierte ihre Bequemlichkeit, indem er sich, seinen nutzlosen Teller unter dem Arm, der Länge nach darauf ausstreckte, die Augen schloß und zu schnarchen begann wie ein Sägewerk, unter der Angabe, er sei Fafnir mit dem Hort. Der Jubel war allgemein. Auch Frau Chauchat lachte sehr über diese Aufführung, wobei ihre Augen sich zusammenzogen und ihr Mund offen stand, beides genau auf dieselbe Weise, so fand Hans Castorp, wie es bei Pribislav Hippe, wenn er lachte, der Fall gewesen war.

Gleich nach dem Abgange des Chefs setzte man sich an die Spieltische. Die russische Gesellschaft bezog, wie immer, den kleinen Salon. Einige Gäste umstanden im Saale den Weihnachtsbaum, sahen dem Erlöschen der Lichtstümpfchen in ihren kleinen Metallhülsen zu und naschten von dem Aufgehängten. An den Tischen, die schon für das erste Frühstück gedeckt waren, saßen vereinzelte Personen, weit voneinander entfernt, verschiedentlich aufgestützt, in getrenntem Schweigen.

Der erste Weihnachtstag war feucht und neblig. Es seien Wolken, sagte Behrens, in denen man sitze; Nebel gäbe es nicht hier oben. Aber Wolken oder Nebel, auf jeden Fall war die Nässe empfindlich. Der liegende Schnee taute oberflächlich an, wurde porös und klebrig. Gesicht und Hände erstarrten im Kurdienst weit peinlicher als bei sonnigem Frost.

Der Tag war ausgezeichnet durch eine musikalische Veranstaltung am Abend, ein richtiges Konzert mit Stuhlreihen und gedruckten Programmen, das Denen hier oben vom Hause »Berghof« geboten wurde. Es war ein Liederabend, gegeben von einer am Orte ansässigen und Unterricht erteilenden Berufssängerin mit zwei Medaillen seitlich unter dem

Ausschnitt ihres Ballkleides, Armen, die Stöcken glichen, und einer Stimme, deren eigentümliche Tonlosigkeit über die Gründe ihrer Ansiedelung hier oben betrübende Auskunft gab. Sie sang:

> »Ich trage meine Minne
> mit mir herum.«

Der Pianist, der sie begleitete, war ebenfalls ortsansässig … Frau Chauchat saß in der ersten Reihe, benutzte jedoch die Pause, um sich zurückzuziehen, so daß Hans Castorp von da an der Musik (es war Musik unter allen Umständen) mit ruhigem Herzen lauschen konnte, indem er während des Gesanges den Text der Lieder mitlas, der auf dem Programm gedruckt stand. Eine Weile saß Settembrini an seiner Seite, verschwand aber ebenfalls, nachdem er über den dumpfen bel canto der Ansässigen einiges Pralle, Plastische angemerkt und sein satirisches Behagen darüber ausgedrückt, daß man auch heute abend so treu und traulich unter sich sei. Die Wahrheit zu sagen, spürte Hans Castorp Erleichterung, als sie beide fort waren, die Schmaläugige und der Pädagog, und er in Freiheit den Liedern seine Aufmerksamkeit widmen konnte. Er fand es gut, daß in der ganzen Welt und noch unter den besondersten Umständen Musik gemacht wurde, wahrscheinlich sogar auf Polarexpeditionen.

Der zweite Weihnachtstag unterschied sich durch nichts mehr, als durch das leichte Bewußtsein seiner Gegenwart, von einem gewöhnlichen Sonn- oder auch nur Wochentag, und als er vorüber war, da lag das Weihnachtsfest im Vergangenen, – oder, ebenso richtig, es lag wieder in ferner Zukunft, in jahresferner: zwölf Monate waren nun wieder bis dahin, wo es sich im Kreislauf erneuern würde, – schließlich nur sieben Monate mehr, als Hans Castorp hier schon verbracht hatte.

WALTER BENJAMIN

Ein Weihnachtsengel

Mit den Tannenbäumen begann es. Eines Morgens, als wir zur Schule gingen, hafteten an den Straßenecken die grünen Siegel, die die Stadt wie ein großes Weihnachtspaket an hundert Ecken und Kanten zu sichern schienen. Dann barst sie eines schönen Tages dennoch, und Spielzeug, Nüsse, Stroh und Baumschmuck quollen aus ihrem Innern: der Weihnachtsmarkt. Mit ihnen aber quoll noch etwas anderes hervor: die Armut. Wie nämlich Äpfel und Nüsse mit ein wenig Schaumgold neben dem Marzipan sich auf dem Weihnachtsteller zeigen durften, so auch die armen Leute mit Lametta und bunten Kerzen in den besseren Vierteln. Die Reichen aber schickten ihre Kinder vor, um denen der Armen wollene Schäfchen abzukaufen oder Almosen auszuteilen, die sie selbst vor Scham nicht über ihre Hände brachten. Inzwischen stand bereits auf der Veranda der Baum, den meine Mutter insgeheim gekauft und über die Hintertreppe in die Wohnung hatte bringen lassen. Und wunderbarer als alles, was das Kerzenlicht ihm gab, war, wie das nahe Fest in seine Zweige mit jedem Tage dichter sich verspann. In den Höfen begannen die Leierkasten die letzte Frist mit Chorälen zu dehnen. Endlich war sie dennoch verstrichen und einer jener Tage wieder da, an deren frühesten ich mich hier erinnere.

In meinem Zimmer wartete ich, bis es sechs werden wollte. Kein Fest des späteren Lebens kennt diese Stunde, die wie ein Pfeil im Herzen des Tages zittert. Es war schon dunkel; trotzdem entzündete ich nicht die Lampe, um den Blick nicht von den Fenstern überm Hof zu wenden, hinter denen nun die ersten Kerzen zu sehen waren. Es war von allen Augenblicken, die das Dasein des Weihnachtsbaumes hat, der bänglichste, in dem er Nadeln und Geäst dem Dunkel opfert, um nichts zu sein als nur ein unnahbares und doch nahes Sternbild im trüben Fenster einer Hinterwohnung. Doch wie ein solches Sternbild hin und wieder eins der verlassenen Fenster begnadete, indessen viele weiter dunkel blieben und andere noch trauriger im Gaslicht der früheren Abende verkümmerten, schien mir, daß diese weihnachtlichen Fenster die Einsamkeit, das Alter und das Darben – all das, wovon die armen Leute schwiegen – in sich faßten.

Dann fiel mir wieder die Bescherung ein, die meine Eltern eben rüsteten. Kaum aber hatte ich so schweren Herzens, wie nur die Nähe eines sichern Glücks es macht, mich von dem Fenster abgewandt, so spürte ich eine fremde Gegenwart im Raum. Es war nichts als ein Wind, so daß die Worte, die sich auf meinen Lippen bildeten, wie Falten waren, die ein träges Segel plötzlich vor einer frischen Brise wirft: »Alle Jahre wieder, kommt das Christuskind, auf die Erde nieder, wo wir Menschen sind« – mit diesen Worten hatte sich der Engel, der in ihnen begonnen hatte, sich zu bilden, auch verflüchtigt. Doch nicht mehr lange blieb ich im leeren Zimmer. Man rief mich in das gegenüberliegende, in dem der Baum nun in die Glorie eingegangen war, welche ihn mir entfremdete, bis er, des Untersatzes beraubt, im Schnee verschüttet oder im Regen glänzend, das Fest da endete, wo es ein Leierkasten begonnen hatte.

## Weihnachten in Cochinchina

Es geschah an einem der wunderbaren Tage, die dem Anbruch der Weihnachtsferien mit angehaltenem Atem vorangingen und die ich damals den schulfreien Zeiten ebenso vorzog, wie ich heute den Tag meiner Abfahrt einer langen Reise vorziehe, daß der Herr Lehrer sagte:

»Jungens, wer fünf Pfennige hat, kommt heute nachmittag hierher in die Klasse, wir gehen ins Weltpanorama!«

Ich streckte zwei Finger in die Höhe und sagte: »Ich habe keine fünf Pfennige!«

Einen Augenblick herrschte Schweigen, wie wenn der Herr Direktor inspizieren gekommen wäre. Der Lehrer hatte sich umgewandt, den Rücken kehrte er der Klasse zu, das Angesicht der Tafel, als glaubte er, daß von ihr ein Gedanke komme, daß auf ihrer matten, schwarzen Fläche ein unsichtbarer Engel mit weißer Kreide einen guten Rat hinschreiben könnte. Wahrscheinlich geschah etwas Ähnliches. Denn nach ungefähr einer Minute wandte der Lehrer sein Gesicht wieder der Klasse zu und sagte zu mir, der ich immer noch stand: »Setz dich vorderhand!«

In der Pause kam der Schuldiener in den Hof und holte mich zum Herrn Direktor in die Kanzlei.

»Zeig deine schmutzigen Finger her!« schrie der Herr Direktor.

Ich hielt beide Hände in die Luft, waagrecht vor mich hin.

Der Herr Direktor beugte sich ein wenig hinab, um sie zu betrachten. Er hatte aber nicht den goldgeränderten Zwicker angelegt, wie er es sonst zu tun pflegte, wenn er etwas ernstlich zu untersuchen entschlossen war. Ich wußte bereits, daß es sich um etwas ganz anderes handelte als um meine schmutzigen Finger.

»Du gehst heute mit ins Weltpanorama, ohne zu zahlen!« sagte der Herr Direktor. Vielleicht hätte er mir noch etwas mitzuteilen gehabt. Aber es läutete schon. Deshalb murmelte er nur: »Geh in die Klasse!«

Ich kratzte mit einem Fuß die Diele und ging.

Am Nachmittag um drei Uhr, die Dämmerung lauerte schon an den Fenstern, brachen wir auf zum Weltpanorama.

Es lag in einer stillen, kleinen Gasse und sah von außen einem gewöhnlichen Laden ähnlich. Über der Glastür hing eine rotweiße Fahne. Öffnete man die Tür, so erklang eine Glocke wie ein Gruß. Am Eingang saß eine Dame wie eine grauhaarige Königin und verkaufte Eintrittskarten. Drinnen war es dunkel, warm und sehr still. Sobald sich die Augen an die Dunkelheit gewöhnt hatten, erblickten sie einen Kasten, rund wie ein Karussell, hoch wie der halbe Raum, mit Gucklöchern in Manneshöhe die ganze Rundung entlang, in Abständen von etwa je zwanzig Zentimetern. Die Gucklöcher an dem Kasten leuchteten wie Katzenaugen in der Finsternis. Man ahnte, daß der Kasten innen hohl und beleuchtet war. Unten stahl sich aus seinem Innern ein schwacher, geheimnisvoller Schimmer und verschwamm auf dem Fußboden. Vor jedem Guckloch-Paar stand ein runder Klaviersessel.

»Setzen!« sagte der Herr Lehrer, es klang wie in der Klasse, aber in der Finsternis war es kein Befehl, sondern nur eine Art milder Einladung.

Wir rückten mit den Stühlen, ich saß, weil ich zu klein war, nicht ganz, sondern hatte den runden Sessel gleichsam halb gelüftet und preßte meine Nase gegen die Wand des Kastens, meine Augen gegen die Gucklöcher, die von Metall umrahmt waren.

Drinnen erschienen Bilder aus Cochinchina. Der Himmel war blau, unendlich, strahlend. Es war jene Art von sommerlichem Blau, das so aussieht, als hätte es in sich eine Menge Sonnengold verschluckt, verwischt, zerrieben und in noch mehr Blau verwandelt. Man hatte die Empfindung, daß dieser blaue Himmel strahlen müßte, auch wenn er keine Sonne zu tragen hätte. Aber zum Überfluß schien auch noch die Sonne. Nach dem zweiten Bild wußte ich nicht mehr, daß draußen Dezember war und Regen in gasförmigem Aggregatzustand in der Luft.

Die Sonne rann aus dem Kasten durch die Augen ins Herz und gleichzeitig in die Welt. Unbeweglich wie eine Art Naturtürme ragten riesenhohe Palmen und warfen einen kurzen, mittäglichen Schatten, der sich scharf und schwarz auf dem gelben Boden abzeichnete. Weiße Männer in Tropenhelmen standen da wie eingeklebt, mitten im Gehen aufgehalten, ein Fuß schwebte immer noch in der Luft – und man glaubte, er werde die Erde berühren, sobald das nächste Bild erschienen wäre. Man sah halbnackte Eingeborenenfrauen mit erregenden Brüsten, wie schöne, bronzene Kegel, die allzuschnell verschwanden, und mit blauen Lendenschurzen, die gewiß abgefallen wären, wenn man die Bilder hätte halten können. Man sah eine Schule im Freien. Eine vollkommen zugeknöpfte Lehrerin aus Europa unterrichtete völlig nackte Kinder. Alle hielten Schiefertafeln im Schoß und saßen auf ihren eigenen Füßen. Nur die Lehrerin saß erhöht auf einem umgelegten Baum, einem Elementarkatheder. Man sah Fischer und Badende, einen Radfahrer mit einem Girardihut und eine Dame mit einem wehenden Reiseschleier, der hinter ihr weiß und waagrecht durch die Luft schwamm, wie Rauch hinter dem Schornstein eines Dampfers. Sooft ein neues Bild erschien, räusperte sich etwas im Kasten, wie in alten Uhren, ehe sie schlagen. Dann erklang ein leiser, heller, lieblicher Gongschlag. Dann erfolgte eine leise Erschütterung, es bebte das Gefüge des runden Apparates, als ächzte er unter der Mühe, so viele fremde, ferne Welten heranzuholen. Immer tiefer wurde das Blau, strahlender das Weiß, goldener die Sonne, azuren wurde das Grün, aufregender die regungslosen Frauenleiber, anmutiger die nackten Kinder.

Nach einer halben Stunde wiederholte sich das erste Bild.

Da ertönte die Stimme des Lehrers wie Dezember: »Aufstehn!«

Ich trottete betäubt nach Hause. Es war, als wäre der Dezember ein Traum, der bald vorbei sein, und Cochinchina die Wirklichkeit, in die ich bald erwachen müßte. So blieb es eigentlich viele Jahre lang. In mir lag Cochinchina, wie in jenem Kasten.

Vor einem Jahr, um die Weihnachtszeit, kam ich in eine kleine Stadt. In einer schmalen, engen Gasse erblickte ich ein Schild: »Weltpanorama« stand darauf. »Cochinchina!« jubelte meine Erinnerung. Ich ging hinein – nicht mehr umsonst, es kostete fünfzig Pfennige für Erwachsene, zu denen ich merkwürdigerweise gezählt wurde. Es war fast leer. Der Kasten räusperte sich, der Gong schlug an, genau wie damals. Aber auf den Bildern war nicht mehr Cochinchina zu sehen. Man zeigte vielmehr die Schweiz. – Leider. – Mitten im Winter. – Schneegipfel. – Ein Hotel mit modernem Komfort, mit einer Lesehalle. –

Ich lehnte mich zurück. Zwei Stühle von mir entfernt saß ein Herr. Er sah, wie mir schien, leidenschaftlich interessiert durch die Gucklöcher. Welch ein langweiliger Kerl! dachte ich voller Gehässigkeit, mitten in der Weihnachtszeit.

Als ich aber wieder draußen stand, wurde ich sanft und gerecht. Vielleicht – so dachte ich – hat er in seiner Knabenzeit gerade die Schweiz sehen dürfen. – Umsonst. – Vor Weihnachten. – Und: schließlich hat jeder sein Cochinchina.

## Weihnachtserinnerungen

Ein Weihnachten war dem anderen so gleich in jenen Jahren, die nun um die Meerecke der Stadt entschwunden und außer aller Hörweite sind, bloß daß ich manchmal einen Augenblick lang vor dem Einschlafen noch das ferne Gespräch ihrer Stimmen höre, daß ich jetzt nie mehr sagen kann, ob es sechs Tage und sechs Nächte lang geschneit hat, als ich zwölf war, oder ob es zwölf Tage und zwölf Nächte lang geschneit hat, als ich sechs war. Oder damals, als das Eis brach und der Schlittschuh laufende Schnittwarenhändler wie ein Schneemann durch eine weiße Falltüre verschwand, ob das derselbe Weihnachtstag war, an dem die Rosinenkuchen Onkel Arnold fertigmachten und wir den seeseitigen Hügel hinunterrodelten, den ganzen Nachmittag lang, auf dem besten Teetablett; und Mrs. Griffith beschwerte sich, und wir warfen einen Schneeball nach ihrer Nichte, und als ich die Hände vors Feuer hielt, da brannten sie vor Kälte und Hitze so sehr, daß ich zwanzig Minuten lang weinte; und dann aß ich Wackelpudding.

Alle Weihnachten rollen den Hügel hinunter zum wallisischsprechenden Meer, wie ein Schneeball, der immer weißer und größer und runder wird, wie ein kalter kopfüber kollernder Mond, der den Himmel hinunterbollert, der unsere Straße war; und alle Weihnachten machen halt am Ufer der eisgeränderten, fischefrierenden Wellen, und ich fahre mit den Händen tief in den Schnee und hole alles heraus, was ich finden kann: Tannenzweige, Weihnachtssingvögel, oder Pudding, Gezänk und Gesänge, und Orangen, und blecherne Pfeifchen, und das Kaminfeuer in der Guten Stube, und Bums die Knallbonbons, und Heilig, Heilig, Heilig läuten die Glocken und die Glasglocken beben am Baum, und Mutter Graugans aus der Weihnachtspantomime, und der Struwwelpeter – ach, die paulinchenverbrennenden Flammen und der klappernde Scherenmann. Und Billy Bunter aus dem bunten Groschenheft und die Schwarze Schönheit, und Goldelse, und die kleine Frau: und Jungen, die drei Portionen essen, und Alice im Wunderland, und Mrs. Potters Dachse, und Federmesser und Teddybären – benannt nach einem Mr. Theodor Bär, ihrem Erfinder oder Vater, der vor kurzem in den Vereinigten Staaten starb –, Mundharmonikas, Bleisoldaten, und Milchpudding, und Tante Bessy, die auf dem ungestimmten Piano in der Guten Stube »Ein Männlein steht im Walde« und »Orangen und Lemonen« spielt, den ganzen Pfänder und Blindekuh spielenden Abend lang am Ende des unvergeßlichen Tages am Ende des nicht mehr erinnerten Jahres.

Tief taucht meine Hand in jenen watteweißen glockenklingenden Ball von Festtagen, der am Rande des lobliedersingenden Meeres ruht, und heraus kommen Mrs. Prothero und die Feuerwehrmänner.

Es war am Nachmittag des Weihnachtsabends, und ich war in Mrs. Protheros Garten und wartete mit ihrem Sohn Jim auf Katzen. Es schneite. Zu Weihnachten schneite es immer. Der Dezember ist in meinen Erinnerungen weiß wie Lappland, nur Rentiere waren keine da. Aber dafür waren Katzen da. Geduldig, mit eiskalten Fingern und eiskaltem Herzen, unsere Hände in Socken gehüllt, warteten wir, um Schneebälle nach den Katzen zu werfen. Geschmeidig und lang wie Jaguare und mit furchtbaren Schnurrbärten, spuckend und fauchend würden sie über die weißen Mauern am unteren Ende der Gärten huschen und jagen, und die luchsäugigen Jäger, Jim und ich, Trapper von der Hudson Bay gleich hinter der Gasthausstraße, in Pelzmützen und Mokassins, würden unsere tödlichen Schneebälle gerade ins Grüne ihrer Augen schleudern. Die klugen Katzen ließen sich niemals blicken. Wir waren so still – eskimofüßige arktische Scharfschützen im alles erstickenden Schweigen des ewigen Schnees, der schon seit Mittwoch lag –, daß wir Mrs. Protheros ersten Schrei aus ihrem Schneehaus am unteren Ende des Gartens nicht einmal hörten. Oder wenn wir ihn hörten, so war er für uns nur wie der weitentfernte Kriegsruf unseres Feindes und unserer Beute, des Nachbars Polarkatze. Aber bald wurde die Stimme lauter. »Feuer!« schrie Mrs. Prothero, und sie schlug den Gong, der sonst zum Essen rief. Und wir liefen den Garten hinunter, den Arm voller Schneebälle, auf das Haus zu, und, heißa!, da kam wirklich Rauch aus dem Speisezimmer, und der Gong bummerte und Mrs. Prothero rief die Katastrophe aus, wie ein Stadtschreier in Pompeji. Das war besser als alle Katzen in ganz Wales, auch wenn sie in einer Reihe auf der Mauer gestanden hätten. Wir stürzten ins Haus, beladen mit Schneebällen, und machten an der offenen Türe des raucherfüllten Zimmers halt. Ja, etwas brannte ganz tüchtig. Vielleicht war es Mr. Prothero, der nach dem Mittagessen immer in diesem Zimmer schlief, mit einer Zeitung auf dem Gesicht. Aber nein, der stand mitten im Zimmer und sagte: »Feine Weihnachten, das!« und schlug mit einem Hausschuh auf den Rauch los.

»Ruft die Feuerwehr!« schrie Mrs. Prothero und schlug weiter den Gong.

»Die werden nicht da sein«, sagte Mr. Prothero, »es ist doch Weihnachten.«

Es war kein Feuer zu sehen, nur dichte Rauchwolken, und mittendrin Mr. Prothero, der mit seinem Hausschuh dem Rauch winkte, als dirigiere er ein Konzert.

»Tut doch was!« sagte er. Und wir warfen alle

unsere Schneebälle in den Rauch – ich glaube aber, wir verfehlten Mr. Prothero – und liefen hinaus aus dem Haus zur Telephonzelle.

»Rufen wir doch auch die Polizei an«, sagte Jim.

»Und die Erste Hilfe.«

»Und Ernie Jenkins, der mag Feuer so gern.«

Aber wir riefen nur die Feuerwehr an, und bald kam auch das Feuerwehrauto, und drei große Männer mit Helmen brachten einen Schlauch ins Haus, und Mr. Prothero ging gerade noch rechtzeitig aus dem Wege, ehe sie den Wasserstrahl andrehten. Kein Mensch hätte einen Weihnachtsabend mit mehr Krach haben können, und als die Feuerwehrmänner den Wasserstrahl wieder abstellten und im nassen, rauchigen Zimmer herumstanden, da kam Jims Tante, Miß Prothero, die Treppe herunter, steckte den Kopf herein und sah sie an. Jim und ich warteten, ganz still, um zu hören, was sie zu ihnen sagen würde. Denn sie wußte immer das richtige Wort. Sie sah die drei großen Feuerwehrmänner mit ihren glitzernden Helmen an, wie sie dastanden, umgeben von Rauch und verbranntem Holz und halbgeschmolzenen Schneebällen, und dann sagte sie: »Möchten Sie vielleicht etwas zu lesen haben?«

Und nun kommt aus diesem gleißendweißen Schneeball der verflossenen Weihnachten der Strumpf hervor, der Strumpf aller Strümpfe, der am Fußende des Bettes hing, so daß der Arm einer wuschellockigen Negerpuppe oben hervorbaumelte und unten in den Zehen kleine Glocken läuteten. Da war auch eine ganze Kompanie Soldaten drin, tapfer und scharlachrot, nur daß sie niemals gut schmeckte, obwohl ich sie immer zu kosten versuchte, als ich noch ganz klein war: Bleisoldaten mit Gurt und Bärenfellmützen und Musketen, Schulter an Schulter, die nur allzubald ihre Köpfe und Beine verlieren sollten, in den Kriegen auf dem Küchentisch, wenn das Teegeschirr, die Kekse und die Rosinenkuchen weggeräumt waren, die ich immer backen half, indem ich die Rosinen entkernte und aufaß. Und da war ein Säckchen mit feuchten, vielfarbigen Geleebonbons, die wie kleine Kinder aussahen, und eine eingerollte Flagge, und eine falsche Nase, und eine Straßenbahnschaffnermütze, und eine Maschine, die Fahrscheine lochte und dabei klingelte … Aber niemals eine richtige Schleuder; einmal, durch einen Irrtum, den niemand erklären konnte, eine kleine Axt und ein Gummibüffel, oder vielleicht war es auch ein Pferd, mit gelbem Kopf und aufs Geratewohl herumschlenkernden Beinen; und eine Zelluloidente, die, wenn man sie drückte, einen ganz unentenhaften Ton von sich gab, ein miauendes Muhen, wie es vielleicht eine ehrgeizige Katze fertiggekriegt hätte, die als Kuh gelten will; und ein Malbuch, in dem ich das Gras, die Bäume, das Meer und die Tiere in jeder Farbe malen konnte, die mir recht war; und bis zum heutigen Tag grasen die blendend-himmelblauen Schafe auf der roten Weide unter einer Schar von regenbogenschnäbeligen und erbsengrünen Vögeln.

Der Weihnachtsmorgen war immer vorüber, noch ehe man Zeit hatte, Hans Schneemann zu sagen. Und sieh da, auf einmal brannte der Pudding. Soll man nicht wieder den Gong schlagen und die Feuerwehr anrufen, und die bücherhebenden Feuerwehrmänner? Jemand fand im Kuchen das eingebackene silberne Dreipennystück mit einer Korinthe dran; und dieser Jemand war immer Onkel Arnold. Das Sprüchlein, das aus seinem Knallbonbon fiel, lautete:

Lasset uns alle jubeln, denn Weihnacht ist da,
Laßt uns spielen und singen und rufen hurra!

Und die Erwachsenen blickten dann immer zur Zimmerdecke hinauf, und Tante Bessy, die schon zweimal von einer automatischen Maus mit einem Uhrwerk erschreckt worden war, wimmerte am Büfett und trank ein wenig Holunderwein.

Und jemand stellte eine Glasschüssel voller Nüsse auf den überhäuften Tisch, und mein Onkel sagte ganz genau wie jedes Jahr: »Ich habe da eine Schuhnuß erwischt, hol mir einen Schuhlöffel, Junge, daß ich sie öffnen kann!« Und dann war das Essen vorüber.

Und ich erinnere mich, am Nachmittag des Weihnachtstages, wenn die anderen ums Feuer saßen und einander erzählten, daß dies gar nichts sei, nein, rein gar nichts, verglichen mit den großen, schneeverwehten, bratgans- und truthahnstolzen, julscheitknisternden, tannenreisigen und unter dem Mistelzweig küssenden Weihnachtsfesten, als *sie* noch Kinder waren, daß ich hinausging in Schulmütze und Schal und Handschuhen, mit meinen funkelnagelneuen, knarrenden Stiefeln; in die weiße Welt hinaus, auf den seeseitigen Hügel, um Jim und Dan und Jack zu besuchen und mit ihnen durch die schweigende Schneelandschaft unseres Städtchens zu wandern.

Wir gingen stapfenden Schrittes durch die Straßen und hinterließen gewaltige, tiefe Fußstapfen im Schnee, auf den verborgenen Gehsteigen.

»Ich wette, die Leute werden glauben, da sind Nilpferde gegangen.«

»Was würdest du tun, wenn du ein Nilpferd die Krönungsstraße herunterkommen sähst?«

»Ich? Ich würde so machen, bums! Ich würde das Nilpferd übers Geländer schmeißen und den Hügel hinunterrollen. Und dann würde ich es unter dem Ohr kitzeln, bis es mit dem Schweif wedelt.«

»Aber was würdest du tun, wenn du *zwei* Nilpferde sehen würdest?«

Eisengepanzerte brüllende Nilpferdhengste klapperten, polterten und dröhnten durch den aufspritzenden Schnee auf uns zu, als wir an Mr. Daniels Haus vorbeikamen.

»Werfen wir Mr. Daniel einen Schneeball als Brief in den Briefkasten.«

»Schreiben wir etwas in den Schnee.«

»Schreiben wir: ›Mr. Daniel sieht aus wie ein Spaniel‹ groß über seinen ganzen Rasen.«

»Seht her«, sagte Jack, »ich esse Schneekuchen.«

»Wie schmeckt's denn?«

»Wie Schneekuchen.«

Oder wir gingen die weiße Küste entlang.

»Können die Fische sehen, daß es schneit?«

»Natürlich, die glauben, der Himmel fällt runter.«

Die schweigenden Himmel, die aus einer einzigen Wolke bestanden, trieben hinaus aufs Meer.

»Alle Hunde sind weg.«

Im Sommer jappten am Ufer Hunde von hundert vermengten Rassen und verbellten die zudringlichen Wogenkämme.

»Ich wette, für Bernhardiner wäre dieses Wetter jetzt aber gerade recht.«

Und wir waren schneeblinde Reisende, verloren auf den Bergen des Nordens, und die großen Hunde mit ihren Schwartenhälsen und Kognakflaschen sprangen auf uns zu und scharrten uns aus und bellten laut: »Branntwein! Marke Excelsior!«

Wir gingen heim, durch die verlassenen, armen Gassen, die zum Meer hinunterführten, wo nur wenige Kinder mit bloßen roten Fingern im tiefen, karrengleiszerfurchten Schnee herumscharrten und hinter uns eine Katzenmusik erhoben, mit Stimmen, die verhallten, als wir hügelan stapften und die Schreie der Hafenvögel laut wurden, und die Sirenen der Schiffe draußen in der weißen flockenwirbelnden Bucht.

Holt die großen alten Geschichten hervor, die wir am Feuer erzählten, als wir Kastanien rösteten und die kleingestellten Gaslichter rundum summten! Gespenster mit dem Kopf unter dem Arm schleppten ihre Ketten nach und sagten: »Huhhh« wie Eulen in den langen Nächten, wenn ich es nicht wagte, über die Schulter zu sehen; wilde Tiere lauerten im Verschlag unter der Treppe, wo die Gasuhr tickte. »Vor vielen Jahren einmal«, sagte Jim, »waren drei Jungen, genau wie wir, die bei Nacht im Schnee ihren Weg verloren, hinter dem Bethaus auf dem Friedhof von Bethesda, und hört, was ihnen geschah …«

Es war die schauderhafteste Geschichte, die ich je gehört habe.

Und ich erinnere mich auch, wie wir einmal von Haus zu Haus Weihnachtslieder singen gingen, ein, zwei Nächte vor dem Heiligen Abend, als auch nicht der leiseste Schimmer von Mondschein die geheimnisvollen, weiß durchwehten Gassen erhellte. Am Ende einer langen Straße war ein Weg, der zu einem großen Haus führte, und wir stolperten in jener Nacht durch die Finsternis hinaus, jeder einzelne von uns voll Angst, jeder für alle Fälle mit einem

Stein in der Hand, aber wir alle zu tapfer, um auch nur ein Wort davon zu sagen. Durch die Alleebäume des Weges blies der Wind mit Stimmen wie von alten unheimlichen Männern, die vielleicht Schwimmhäute an den Füßen hatten und in Höhlen ächzten und keuchten. Wir erreichten den schwarzen gewaltigen Klotz des Hauses.

»Was sollen wir ihnen singen?« flüsterte Dan.

»Hört, die Engel singen schon? Weihnachten kommt nur einmal im Jahr?«

»Nein«, sagte Jack, »wir singen ›Der gute König Wenzeslaus‹. Ich zähle bis drei.«

»Eins, zwei drei«, und wir begannen zu singen, mit Stimmen, die hoch und weit entfernt klangen in der schneegetünchten Finsternis rund um das Haus, in dem niemand wohnte, den wir kannten. Wir standen eng nebeneinander, dicht vor der dunklen Türe.

Der gute König Wenzeslaus
sah am St.-Stephans-Feste ...

Und dann kam eine kleine trockene Stimme, wie die Stimme von jemand, der schon lange nicht gesprochen hat, und stimmte plötzlich in unseren Gesang ein: eine kleine trockene Stimme von der anderen Seite der Türe: eine kleine trockene Stimme durch das Schlüsselloch. Und als wir wieder aufhörten zu rennen, da waren wir vor unserem eigenen Haus. Die große Vorderstube war einladend und hell. Das Grammophon spielte. Wir sahen die roten und weißen Ballons am Arm der Gaslampe hängen. Onkel und Tante saßen ums Feuer. Es war mir, als könne ich unser Abendessen riechen, das in der Küche gebraten wurde. Alles war wieder gut, und Weihnachten leuchtete durch die ganze vertraute Stadt.

»Vielleicht war das ein Geist«, sagte Jim.

»Vielleicht waren es Trolle«, sagte Dan, der immer Bücher las.

»Gehen wir hinein, und sehen wir, ob noch Wakkelpudding übrig ist«, sagte Jack. Und das taten wir.

## Die weißen Strümpfe

Es ging auf Weihnachten, aber ich lief derzeit auf wenig besinnlichen Pfaden, ich wäre sonst nicht dahin gegangen, wo das sündige Fleisch enthüllt wird.

Ich sah zu, wie sie sich die Strümpfe, es waren dunkle, dünne, und weitere Wäsche auszog, sie tat es in der reizendsten Weise, zur Musik, im Lichtkegel des Beleuchters, wie ein Kind, das ein Gedicht aufsagt, ebenso ernsthaft tat sie es; und ich stand ganz hinten in dem abgedunkelten Stripteaselokal.

Eine Engländerin, hörte ich, schlecht, dachte ich, wo ich diese Sprache nur sehr schadhaft spreche. Ich lud sie für den kommenden Abend zum Essen ein.

Dieser Abend war der Heilige Abend, verständlich, daß sie frei hatte, aber warum war ich frei? Ich war frei, ich schwöre es, allein, ohne Anhang, ohne Fest, und ich war froh, das an Weihnachten beschwerliche Freisein durch meine Verabredung überbrückt zu wissen.

Ich fuhr damals einen alten englischen Wagen, und in diesem Wagen fuhren wir los, um ein passendes Gasthaus zu finden. Es stürmte trocken, keine Spur von Schnee, und wir fuhren und fuhren und fanden keine Herberge, nur Türen mit der Aufschrift

»Über die Feiertage geschlossen«. Wir fuhren mit knurrendem Magen durch das nächtliche Tosen, durch die für eine feiernde Mehrheit Stille Nacht, Heilige Nacht fuhren wir, ich am Steuer und sie neben mir.

Von Zeit zu Zeit wechselte sie die Stellung der langen Beine, und die Beine steckten in weißen Strümpfen, es war, als wenn sie in Mehl gewendet wären, man hätte sie backen und essen mögen. Manchmal streifte ein Strumpfbein meine am Schaltstock beschäftigte Hand, manchmal machte ich den Versuch, ein Gespräch zu beginnen, der Versuch ging im Geheul des Sturms, in den Fahrgeräuschen und in meiner englischen Sprachlosigkeit unter.

Ich fuhr und dachte beim Fahren an das Mädchen mit den weißen Strümpfen, wie an eine ferne Geliebte, an eine Erträumte, fuhr und fuhr.

Als wir bei Tagesgrauen wieder in der Stadt anhielten, lag die Stripperin engelgleich da, nicht nur ihre Strümpfe, alles, auch ihr Gesicht war weiß, man hätte sie für einen Wachsengel halten können. Ich rief sie an, ich berührte, schüttelte sie, vergeblich, sie blieb steif und kalt.

Ich fuhr wieder an, und beim nächstbesten Christbaum, es gab deren einige flittrig geschmückte in der Stadt, steckte ich sie behutsam zu all dem anderen Baumschmuck ins Gezweig.

In den darauffolgenden Tagen las ich aufmerksam

die Zeitungen, ich las hauptsächlich die mit »Gefunden« überschriebene Rubrik, aber ich fand keine passende Meldung. Unglaublich, dachte ich, ganz und gar unglaublich, es sei denn, sie wäre gleich weiter in den Himmel geflogen.

So wird es sein, sagte ich mir und tunkte den Gipfel in den heißen Kaffee.

# Nachweise

Jean Paul (1763–1825): Weihnachts-Chiliasmus – neuer Zufall. Aus: J. P.: Leben des Quintus Fixlein (Dritter Zettelkasten). In: Sämtliche Werke. Abteilung I. Bd. 4. München 1962.

E. T. A. Hoffmann (1776–1822): Der Weihnachtsabend. Aus: E. T. A. H.: Nußknacker und Mausekönig. In: Die Serapions-Brüder. München 1963.

Jeremias Gotthelf (1797–1854): Merkwürdige Reden, gehört zu Krebsligen zwischen zwölf und ein Uhr in der Heiligen Nacht. Aus: J. G.: Sämtliche Werke. Bd. 18. Erlenbach–Zürich 1947.

Adalbert Stifter (1805–1868): Die Glocken an Weihnachten*. Aus: A. S.: Bergkristall (Auszug). In: Fröhlicher Advent. Frankfurt am Main u. Leipzig 1996. – Weihnacht. Aus: A. S.: Gesammelte Werke. Bd. 14. Basel u. Stuttgart 1972.

Theodor Storm (1817–1888): Marthe und ihre Uhr. Aus: T. S.: Sämtliche Werke in vier Bänden. Band 1, Berlin u. Weimar 1967. – Unter dem Tannenbaum. Aus: Das klassische Weihnachtsbuch. Frankfurt am Main 2008.

Theodor Fontane (1819–1898): Die Feuersbrunst*; Der Berg des Lichts*. Aus: Th. F.: Ellernklipp. In: Werke, Schriften und Briefe. Abteilung I. Bd. 1. München 1966 ff. – »Aber diesmal wird es eine Freude sein«. Aus: Th. F.: Meine Kinderjahre. In: Ebd. Abteilung III. Bd. 4.

Wilhelm Raabe (1831–1910): Professor Feyerabends Weihnachts-traum\*. Aus: W. R.: Altershausen. In: Sämtliche Werke. Bd. 20. Göttingen 2001.

Machado de Assis (1839–1908): Die Weihnachtsmesse. Aus: M. de A.: Der geheime Grund. Erzählungen. In der Übersetzung von Curt Meyer-Clason. Frankfurt am Main 1996.
© AB – Die Andere Bibliothek GmbH & Co. KG, Berlin 1996, 2011 (für die Übersetzung)

Peter Rosegger (1843–1918): Advent. Aus: P. R.: Weihnachts-geschichten. München [1983].

Ludwig Thoma (1867–1921): Der Christabend. Eine Familien-geschichte. Aus: L. T.: Gesammelte Werke. Bd. 4. München 1956.

Rainer Maria Rilke (1875–1926): Das Christkind. Aus: R. M. R.: Werke. Kommentierte Ausgabe in vier Bänden. Bd. 4. Frankfurt am Main u. Leipzig 1996.

Thomas Mann (1875–1955): Weihnachten auf dem Zauberberg. Aus: Weihnachten mit Thomas Mann. Frankfurt am Main 2009.
© 2002 S. Fischer Verlag GmbH, Frankfurt am Main

Walter Benjamin (1892–1940): Ein Weihnachtsengel. Aus: W. B.: Berliner Kindheit um neunzehnhundert. Frankfurt am Main 1987.

Joseph Roth (1894–1939): Weihnachten in Cochinchina. Aus: J. R.: Werke in vier Bänden. Bd. 3. Köln 1976.

Dylan Thomas (1914–1953): Weihnachtserinnerungen. Aus: D. T.: Unter dem Milchwald. Texte für Stimmen – Ausgewählte Briefe. Aus dem Englischen von Erich Fried, Klaus Martens u. Margit Peterfy. Herausgegeben von Klaus Martens.
© Carl Hanser Verlag München 1996

Peter Stamm
**Marcia aus Vermont**
Eine Erzählung

Peter ist in New York. Er will sich befreien von den Eltern,
vom Leben, das er bis dahin geführt hat. Auf der Straße
wird er von Marcia angesprochen, die ihn um eine Zigarette
bittet. Als er ihr Feuer gibt, hält sie ihre Hände schützend
um seine, dann geht er mit ihr nach Hause. Es ist der Weihnachtsabend, der traurigste Abend des Jahres. Das alles ist
dreißig Jahre her. Woran erinnert Peter sich noch? Was geschah wirklich in jener Nacht und in den folgenden Tagen?
Und wie veränderte das Geschehene sein Leben? Peter weiß
es nicht mehr, er weiß es noch nicht, als er nach Vermont
aufbricht, um Marcia wiederzusehen. Aber was ihn erwartet, ist viel mehr als eine vergangene Liebe.

80 Seiten, broschiert

Weitere Informationen finden Sie auf
*www.fischerverlage.de*

AZ 596-70468/1

## Die schönsten Märchen zur Weihnachtszeit

Weihnachten ist die Zeit der Wünsche und kleinen Wunder – und damit geradezu prädestiniert für die Erzählform des Märchens. Zwar sind die weihnachtlichen Welten, von denen die Märchen des vorliegenden Bandes handeln, alles andere als heil, doch was alle hier versammelten Texte verbindet, ist ein tiefer Glaube an das Wunderbare und Heilige inmitten der prosaischen Wirklichkeit. Die wunderbarsten und schönsten Märchen zur Weihnachtszeit sind in diesem Band versammelt.

304 Seiten, gebunden

Weitere Informationen finden Sie auf
*www.fischerverlage.de*

AZ 596-52003/1

Zsuzsa Bánk
**Weihnachtshaus**

Eine berührende Weihnachtsgeschichte über eine innige Freundschaft und die Momente, in denen man das Leben beim Schopf packen muss. In diesem Advent scheint vieles möglich, die Zeit des Haderns ist vorbei, die Nacht leuchtet hell, und das Universum schickt seine Grüße ...

»Ein wundervoll funkelndes, tröstendes Buch. Und wenn es denn möglich wäre, dann würde es nach Pfefferkuchen, Zimt, Bienenwachs und Marzipan duften.«
*Annemarie Stoltenberg*, NDR Kultur

112 Seiten, broschiert

Weitere Informationen finden Sie auf
*www.fischerverlage.de*

AZ 596-00056/1

Paul Nizon (geb. 1929): Die weißen Strümpfe. Aus: P. N.: Aber wo ist das Leben. Ein Lesebuch. Frankfurt am Main 1983. © Suhrkamp Verlag, Frankfurt am Main 1983

Die mit * gekennzeichneten Titel stammen vom Herausgeber.